總是一個春天

喬木短篇小說集

喬木 著

目次

祭壇上的紅蘋果

一

陳金根兩手猛一拉香港衫的衣襟，就露出一片茅草般糾結不清的胸毛，黑乎乎的順著肚皮往下伸，然後沒入斜吊在跨骨上的褲腰裡。這時突然一陣清冽的山風，向他迎面撲過來，把他心頭那股焦灼，吹得像吃了一劑退燒藥。那個越想越慌亂的心境，頓時平靜了許多。可是仍無法使他那個既定的計畫，凍成一塊冰。

他沒想到會這樣熱，才走了沒幾步路，就淌了一身臭汗。本來這裡的氣候，由於地勢高，人煙稀少，經常都十分清爽的。即使在三伏的大熱天，大地上熱浪滾滾，使此間的中午，有點驕陽欺人；但過了那時辰，馬上又涼爽下來，早晚還得多加一件衣服才成。照理說，陳金根在都市裡混了那樣久，吃慣那種油膩污濁的空氣，回到這裡該更感到清爽才是。偏他娘的一上路，汗水就跟著淌起來，把他那件香港衫，浸得像泡在水裡一樣。莫非是他今天有心事？想的太多了，煩得躁的慌；才會把他的心，躁得像一鍋鼓突鼓突直冒泡泡的熱開水。

他索性脫掉香港衫，抬手抹抹臉上的汗，拿著衣服搧搧風，撒開兩腳把步子拿快。只是他一打眼，迎面來了一條大黃狗。這條大黃狗，附近的人都認識牠，尤以陳金根為甚。所以他一發現牠，便吹了聲口哨叫道：

「大黃！大黃！」

那知大黃抬頭看看他，連理都不理，依然大模大樣走牠的路。那只伸出口外的長舌頭，隨著牠身體的晃動，哈呀哈呀的直喘氣。在牠的脖子上，掛著一個口小肚大的竹籃子，裡面放著一個大蘋果，和一張繫在鐵環上的小紙條。牠為了保護這些東西的安全，在路上的時候，是不大認人的；誰要惹了牠，就對誰汪汪叫。

他不願再討沒趣，逕自走自己的路。可是經過牠的身邊時，仍對牠扮了一個滑稽的鬼臉。牠也防賊似的，把兩眼轂轆著，向他轉了轉。

他也知道大黃的這種警覺性，要等到了他家開的那個小店裡，見到他妹妹，才會鬆弛下來，變得溫順馴服的可愛；任憑他妹妹的戲弄與撫摸。那因牠此行，是聽從牠主人李思標的命令，從山上來此間採辦日常用品的，籃子裡那個大蘋果，是李思標例行帶給他妹妹的禮物。購置的物品，則寫在那張紙條上。然後由他妹妹餵牠一頓飯，把必要的物品放進籃子裡，由牠帶回去。至於所需的費用，李思標會隔個把月，下山跟他妹妹結算一次。再帶著他這條寶貝狗，到鎮上或更遠的都市裡，住個三五天。那個老光棍到底出去做些什麼？始終是一個謎。俗話說得好，單嫖、雙賭；可能他在山裡窩上一段時光，到了憋不住時，就要到花花世界中，給那股悶氣找一個出路。

可笑的是他妹妹那個小丫頭，每逢見到李思標要出去尋樂時，便把小嘴嘟得高高的，氣他亂花錢。李思標卻從不把她的話當作一回事，照樣樂他的。他只記得有一次，那個老光棍竟對他妹妹開玩笑說：

「秀美，你嫁給我好了。」

「羞羞羞！都可以做我的爺爺了，還有臉說那種話？」秀美稚氣的用手劃著臉羞他。

他當時雖也知道李思標那句話，是開玩笑，仍覺得討厭反感。他憑什麼？就憑他有幾個臭錢？就想作賤秀美那樣小的女孩子，作夢啊！就算秀美答應，他也不會讓妹妹嫁給一個那樣的糟老頭子。他是愛這個妹妹的，自從父母去世後，他們兄妹就相依為命，他不關心她，誰關心她？

沒料到他去臺中待了三年，一晃眼的工夫，秀美就由醜小鴨變成天鵝，成為他一個希望。是他一年前在臺中開計程車時，碰到一個漂亮的女人，當晚兩人就住到一起了。那種女人是要用大把鈔票才能養活的；他在遇到她以前，雖存了一點錢，無奈很快就光了。沒有錢，只有拚命開車，向朋友周轉，為博得美人一粲。日子久了，窟窿大了，只有把他賴以吃飯的工具頂給別人，另外租車開。這樣一來，更難討小娘子的歡心，只有回家想辦法。家裡又有什麼法子好想呢？妹妹守的那個小雜貨店，似乎越作越萎縮，能維持個溫飽就算好了。過去家裡所有的積蓄，早在三年前，就被他全部帶到臺中做闖天下的資金了。那時候，他也一心一意期望，能好好闖出一條路子，把妹妹接到臺中來。好好找個人，把她嫁了，也算盡了做哥哥的責任。如今不僅那個期望破滅了，反被那個女人逼得團團轉，千方百計設法供她揮霍。

妹妹的美像一道靈光，照得他頭腦一亮，她可能成為一把金鑰匙，幫他去打開一座金礦。此地誰是那座金礦呢？

只有李思標才夠資格。

那個老光棍，在十幾年前，單打獨鬥的跑到這兒打天下，弄了兩甲山地，栽了八、九百棵蘋果樹。由於那時節，蘋果管制進口，所以他那些蘋果樹上結的東西，就成了一顆顆的金果子，每年可以輕輕鬆鬆從包商那兒，拿到一兩百萬塊錢。李老頭又沒有什麼大開銷，加上利滾利，十幾年下來，就是閉著眼睛算，也曉得該有多少了。儘管這幾年盛況不再，本地蘋果被進口蘋果打的稀里嘩啦，金果子變成了臭狗屎，他先前的老本總在呀。因此他驀地一想，發覺他當初對妹妹說的那句話，可能是半開玩笑半認真，投出的試探信號。不然憑他那樣有錢，還不是滿筐水蜜桃挑著選；何至蹉跎到如今，身邊還沒有個相好的？要是他對秀美真有意思，他再著他那個女人教秀美幾招，包準不出兩年，就可以把那個老光棍擺平。錢到了妹妹手中，事情就好辦，看在兄妹的分上，妹妹絕不會眼看著哥哥，被那女人折磨得暈頭轉向，不理不睬。

陳金根想到這裡，步子拿得更有力，他相信憑秀美那個模樣兒，一定會把那老光棍迷昏頭。

二

「美美，看你浪的那樣子，你不覺得害羞嗎？」

「怎麼？珍珍，你還爭風吃醋啊？」

「文文，你也生氣了？」

「還是玲玲好，看她有多安靜。怎麼？怎麼？剛剛說你好，你就對我撒起嬌來。」

「你聽我說，秀秀。你們都是我的一些小寶貝，我都一樣的喜歡你們，不會偏心的。來！笑笑！大家都笑笑！嗯！這樣才好，才像溫柔漂亮的女孩子。」

陳金根站在李思標的果園外，幾乎被裡面傳來的那些話弄呆了。他原先還以為這個老光棍，在不下山的時候，會像一個老和尚般的苦修。現在才曉得，不是那回事。他原來花到這種程度，竟有那樣多的女孩子，繞著他粉蝶兒似的飛舞。也難怪她們會送到門上來，大爺有錢嘛！那個姐兒不愛錢。只是那些女孩子長得究竟如何，是不是會比秀美漂亮？卻被果樹濃密的枝葉遮掩住，一點看不清。他那個設想周密的計畫，豈不變成一個泡影？只是他現在已經顧不了那麼多，提高嗓門叫道：
「老李！老李！」
「誰呀？」老光棍聽到了。
「我是陳金根，來看你的。」
「哦！你從臺中回來了？好久沒見了，你等一等，我馬上給你去開門。我剛才還打發大黃帶著籃子去見你們秀美，你在路上有沒有碰到牠？」
「碰到過，可是牠好像不認識我。」
「那是一條靈犬啊！」
「狗那有什麼靈不靈？」
「你不可以那樣說，牠確實是一條不平凡的狗，不知幫了我多少忙，我一天都不能少了牠。這一帶的人誰不說，牠對主人忠實的程度，比人強得多。」
這時李思標已經邊走邊說，到了果園的門口。其實那個大門，不過是用木棒拉著刺鐵絲釘成的，就算李思標不來幫陳金根開，他照樣可以把它推開。
陳金根進了門，便撒著一雙眼睛到處轉，他要看看那些女孩子，長得如何可愛，逗得老光棍那般開心。無奈那班小妮子，聽到有人來，一個個都躲得不見影子。李思標見他瞪著一雙小偷似的賊眼，亂溜亂轉，便笑著問：

「你看什麼呀？阿根。」

「我要看看你果園裡，有什麼祕密。」

「我這裡那有什麼祕密？除了果樹，還是果樹。」

「我剛才卻聽到你樂得很，逗著什麼珍珍、瓏瓏、嬌嬌、美美取樂。你從哪裡弄來這麼多女孩子陪你玩？真是艷福不淺哪！現在怎麼一個不見了？」

「人生嘛！像我現在這樣一大把年紀，為什麼不趁能玩的時候，好好玩一玩。」

「她們都到哪裡去了？」

「你是不是也想要一個？」

「我可沒有那種艷福，也養不起。」

「那我等會兒就送你一個，只要你不嫌她小，吃著會澀口。好了！開玩笑了，等你走的時候再說吧。今天是什麼風把你吹來了，有事情嗎？」李思標把陳金根讓進果園中的小屋，倒著茶說：

「好久沒見你了，來看看你。」

「謝謝你了。」李思標眼中的陳金根，是很純的；雖然有三年沒見他了，對他的印象依然像先前一樣純。

「我跟你說，老李。」陳金根由於這樁意外發現，就不便開門見山的表明來意，一面喝著茶，試探的說：「我來你這兒，本來只是來玩玩的。可是我聽你剛才說的話，又覺得奇怪。你弄那麼多女孩子做什麼？你吃得下嗎？她們還不是為了你的錢，才跑到這裡陪你玩。那你為什麼不好好找個女人結婚？才是正經。」

「我這麼大的年紀了，還去害人幹什麼。」

「如果有女孩子不嫌你大呢？」

「那也不成。我跟你說實話，我是男人，不能說不想女人；只是玩玩可以，要結婚就萬萬使不得。你別看我現在好好的，說不定明天就翹辮子了，撇下人家寡婦孤兒怎麼辦？我閉得上眼睛嗎？」

「你有錢留給他們，還怕會餓死。」

「我哪裡有錢。」李思標兩手四大皆空的一攤。

「你別哭窮了，這一帶的人，誰不知道你是一個大富翁，我又不向你借錢。可是我再問你，你不想害年輕的女孩子是一回事；如果女孩子自己願意，你要不要考慮？」

「哪個女孩子會那樣傻呢？」

「你可以在剛才跟你在一起那些女孩子中，選一個可愛的。不然我也可以幫你找一個，一定中你的意。」

「你講的是誰？」李思標好奇的問。

「你不覺得秀美很可愛嗎？」

「你是說？你妹妹？」

「你不是很喜歡她嗎？」

「不！不！不成！不成！絕對不成！我這麼老了，做她的爺爺都綽綽有餘。也不瞞你說，阿根，我在大陸上的孫女，都比秀美大的多。」李思標像被一根毒針刺到屁股般，痛得連忙跳起來，叫著直搖手。

「喂！你這個老頭。」陳金根見老光棍那個滑稽的樣子，一時又好氣又好笑；沒想到原以為十拿九穩的計畫，會出現如此波折：「你是不是一個老糊塗？人家秀美不嫌你老，你倒嫌起她小來了。」

「不管你怎樣說，阿根，這件事絕對不成。我這把年紀，還把主意打到秀美那樣年輕女孩子頭上，真是作孽，要遭雷打的。好了！這件事，就放到一邊去，不要再提了。你這幾年在臺中，混得還好吧？記得你當初出去的時候，還對我說過，要好好存一點錢，把秀美也接到臺中去一起過活。你現在要能在那邊站住腳，是該把她接去了。你不知道她一個人在這裡，有多寂寞，整天守著那個小店，連門都不能出，再怎樣美的鮮花，也會枯掉了。」

「她要是到了臺中，你怎麼辦呢？」

「你開我什麼玩笑，我缺了她，也死不了，就怕有人會……」李思標說到這裡突然煞住。

「我是說你以後買東西什麼的，要沒有秀美在這裡照應，就不會那樣方便了。因為她最知道你的心，也會把你的大黃餵得飽飽的，路上才不會出事情。如果你把牠遣到別的地方去，誰懂你寫的那篇糊塗賬？再不把牠餵飽了，牠往回走的時候，要有人在路上丟塊肉骨頭，或雞頭、雞爪子什麼的，保險馬上變成一鍋香肉。」

「我說過，我那條狗是靈犬，不會上那種當。」

「不管靈狗不靈狗，總是一個畜牲；再說牠真的靈好了，變成香肉也是一樣的味道。」

「你說那種話，阿根。」李思標忿怒的跳起來，指著陳金根吼道：「我跟你說，你少打大黃的主意：你要是對牠不懷好心眼，我就跟你拚了。」

「好！好！我不說了！牠靈！牠靈！牠靈！總成了吧？我也回去了，關於秀美的事，她可是百分之百願意的，你可以好好考量考量，再來告訴我。」陳金根不敢急著逼他或說服他。他要慢慢的釣他。他不信像秀美那樣漂亮的女孩子，會釣不上這樣一個糟老頭子。

「我說不成就不成，用不著再考慮了。你不是想要一個小妞嗎？我送你兩個好了。」李思標笑嘻嘻的說。

「她們在哪裡？」陳金根又四周撒一眼。

「這不是嘛！」李思標向果樹上的蘋果一指。

「你開什麼玩笑？老李，那算什麼女孩子。」

「可是我都把她們當作我的女兒呀。」李思標帶著一臉欣然的笑容說：「不信你再過一個月來看看，她們一個個變得臉蛋紅紅的，不像煞了漂亮的女孩子？就是現在雖然還太嫩，不能吃；只是吊在樹上那個青青的模樣兒，在風裡搖擺著，還是很可愛的。」

「你剛才把我嚇了一大跳。」陳金根也笑道：「以為你這樣一個老頭子，被那樣多漂亮女孩子包圍著，不要命了；原來是在這裡過乾癮。」

「老了，只能過過乾癮。」

「你還給我不老實，你每次下山去，都做了些什麼事情，沒人曉得嗎？瞞不過人的。」

「嘿嘿嘿！」老光棍乾笑幾聲。

三

大和尚見到那位女施主，帶著一條大黃狗，穿越山門向大殿走過來，連忙端整一下身上那件長袍，快步迎了上去。對於這位年輕的女施主，他可說是看著她長大的。那是在十年前，他帶著一身罪孽來到這個偏僻的山區，在走投無路的情況下，來到這座普濟寺，拜在老主持厭覺的名下，取名圓識，脫下俗裝，皈依佛門。從此泯絕情慾，作一個世外人。每天唸唸經，禮禮佛，倒也能心安理得的生活下去。沒幾年老主持圓寂了，由於他弘法有方，圓識法師的名號，在山區不脛而走。慕名而來結緣的善男信女，絡繹不絕。使他春風得意，精神飽滿，滿面紅光。肆應在巨紳豪富之間，成為一位人見人敬的活佛。

陳秀美對如來佛祖的信仰，是十分的虔誠，她幾乎每隔三五天，就要前來普濟寺，頂禮膜拜一次。緣因李思標也是隔上個三、五天，就要遣大黃到她店裡一次。她便會把他送給她那個大蘋果，帶來獻給佛祖，跪在祭壇前面的蒲團上，默默祈禱佛祖降福給她。至於她祈禱什麼？年輕的女孩子，都有一個夢，與他哥哥昨天跟她說的，完全不同。她不要錢，不要華麗的裝飾，只要一個能使她幸福的男人就好。她的想法所以會這麼純？如是簡單？也許由於她太年輕，尚未深入人生的內層。就像她哥哥剛去臺中的時候，把未來的王國建立在他的夢想上，想得那樣美，而不了解在這個金錢萬能的世界上，錢的力量有多大，不僅能買到男人或女人，還可以買到幸福和愛情。當他發覺必須用錢去買一個女人的心，不得不拚命賺錢討好她時，那個夢就碎了，也失去了那份純真。

由於她還沒失掉那種純，所以當她哥哥要她嫁給李思標的時候，便驚得半天合不攏那張大的嘴。她實在不懂哥哥怎會有那種想法？只是為了錢嗎？錢有什麼用？她現在還不是活得好好的。並且她對那位可以做她祖父的老人，一直心懷尊敬，儘量給他幫忙。

她始終都記得，他剛到山上來的時候，她才八、九歲。每次到小店來，總要抱她一會，拉著她的小手，講一些他親身經歷過的驚險征戰故事給她聽。後來她大了，他雖然偶爾會跟她開一個小玩笑，她也不會理睬，那是她覺得，那種玩笑的背後，沒有什麼特殊深意，何必去認真？同時他每次遣大黃來，也不會帶別的東西。只是難能可貴的，是他送給她的蘋果，都是選最大最紅的；即使在不產蘋果的季節，他也會買一個送她。

「施主，妳來了。」大和尚迎上來。

「大師，你好？」她在他面前站住。

「托福！托福！」他向她拱拱手。

「我們都知道，大師是忙人，只是你保養得法，看起來越來越年輕了。」她不會學著打誑語，只實話實說。大和尚臉色一興奮，便閃出一股光采。

「阿彌陀佛，罪過！罪過！出家人粗茶淡飯，有什麼好保養的。施主進來看茶吧。」

「我只拜拜佛就好了。」

「那就請！」緊隨在秀美身邊的大黃，見大和尚把手猛一伸，便叫著向他竄過去。

「大黃！不要！」秀美連忙按住牠。

「嗳喲！這條狗真兇。」大和尚嚇得後退一步。

「牠不咬人的。」秀美見大和尚嚇得那樣子，禁不住莞爾笑道：「我好喜歡牠。」

「山上那位老施主，經常到妳店裡嗎？只是我覺得他的人怪怪的，養的這條狗，也怪怪的。」

「他的人很好啊，這條狗也好可愛，還通人性哩。」
「可是我討厭狗。」
「為什麼呢？」她隨口的問。
「我小時候被狗咬過。」大和尚想了一下說。
「那我以後不再帶牠來了。」
「妳也不要帶蘋果了。」
「那又為什麼？可是除了蘋果，我沒別的東西可帶。」
「因為……妳只要誠心誠意來拜佛就好了。」
「我還是要把李先生送的那個蘋果帶來，我來這裡拜佛祖，總得表示一點心意。」秀美堅定的說，那是李思標送她的，她希望也能一併為他祈福。
「妳聽我的話沒有錯，我不會害妳的。」
「我要進去拜拜了，我今天還有事，拜完就要走。」
「我去給妳唸經，祈求佛祖保佑妳。」
到了大雄寶殿的祭壇前，秀美從塑膠袋裡拿出一個大蘋果，恭恭敬敬奉到祭壇上，頓時只見一股紅通通的光，照得端坐蓮座的如來佛，跟整個大殿都閃閃生輝。然後她又作個揖，跪到壇前的蒲團上，拜了幾拜後，便雙手合十喃喃祈禱起來。這時祭壇旁邊的木魚也響了，是大和尚站在那兒替她唸經。可是他唸的什麼經，她聽不懂，也從來不去研究。她覺得大和尚道行高深，他肯在佛祖面前替她唸經，就是好的。所以這個善心的小女人，禁不住向他偷偷窺一眼，果見他眼瞼低垂，法相莊嚴，把唸的那篇經，背得滾瓜爛熟。不但把她感化了，也把坐在殿外的大黃，感化得一動也不動，端坐在那裡。於是她在禱詞中，也給這位道行高深的大法師，添上了一分。

只是她那裡曉得，她在他眼裡已經變成另外一個人了。因為當年她在他眼裡，曾經是一條蛇、一隻魚、一只水蜜桃。所以他現在眼裡的她，是衣服一件一件往下脫，最後一絲不掛的赤裸了。因此他嘴裡唸的經，雖已荒腔走板，不知唸的是什麼，倒越唸越有勁。只是口齒不清了。有一大堆口水，在他口腔裡鼓突鼓突的直冒。

錚錚錚——

是他突然拿起磬錘，把銅磬亂敲一陣子。

在殿前端坐著不動的大黃，驚得驀地平空一竄，汪的一聲，向殿內瘋狂的撲進去。

噹！磬錘掉到地上了。

四

陳金根回到臺中的時候，就已經不那麼急切的需要錢了，是跟他同居的那個女人，趁他回家的時候，自己收拾收拾走掉了。像那一類型的女人，來似一陣風；要走，也休想找到她。他找了幾天沒找到，便死了心。他終於明白過來，就算找到她，他也養不起。她不是那種用籠子就可關得住的鳥，隨時都會飛。

他又恢復初來臺中那段時光的勤儉生活，日夜不停的開著計程車滿街跑，把所有的收入全部存起來。他從那個女人身上得到一個教訓，要養女人，就少不了錢；尤其要養一個漂亮的女人，更需要大把大把的鈔票往她身上堆，不然她就會失去裝飾出來的面目，自然就不會美了。一個女人不美的世界，試想可怕不可怕？如此說來，男人豈不都是一些傻瓜蛋？把辛苦賺來的錢，向女人身上虛擲浪拋，得到的不過是一個胭脂糊的皇后或公主。可是話再說回來，男人們不把錢花在女人們身上，他們那樣辛苦的賺錢幹什麼？豈不更加傻了？而女人又幹嘛要打扮得嬌滴滴的對你笑？只為了愛你嗎？那個字眼太空了。所以男人對女人，不管她那個嬌滴滴的模樣是真是假，都不必硬去撕掉糊在她們外層那張彩色包裝紙，把世界弄成一片灰。可見人！只不過是一群圍著圈子銜尾相接的魚，說是因果，又處處無因果；說是無因果，又處處有因果，越想把它分清楚，就越分不清楚。到頭來弄得大家粘粘糊糊的，世界就在這種粘粘糊糊中，變得一團糟。

手邊有了幾個錢，就想到一個人寂寞的住在山上的妹妹，計畫把她接到臺中來。可是當他想到這裡，就會感到一種內心的不安。他上次回去的時候，怎會想到要妹妹嫁給李思標那樣一個老頭子。他過去不是那樣一個毒惡的人哪！從沒打妹妹的主意，只一心一意的想幫助她，希望她幸福。可見錢最害人，會逼得人什麼事情都做得出來。

那麼女人不是更害人，他要不是被她逼的，也不會急著去籌錢，更不會把主意打到妹妹頭上。

嗨！錢錢錢！

女人！女人！女人！

但他好心好意回到山上，跟妹妹談到把家搬到臺中的時候，妹妹卻對他搖頭了。

「你孤單的住在這裡，有什麼好？」他奇怪的問。

「你知道李伯伯的狗死了嗎？」

「大黃死了？牠怎麼會死呢？」他吃了一驚，又馬上靜下來；牠究竟是一條畜牲，對他並不重要，又接著問：「大黃死了與你去臺中，有什麼關係？」

「我要在這裡陪陪李伯伯，幫他一點忙。」

「你在這裡陪李伯伯？那什麼意思？他住在他的果園裡，你住在家裡，你能幫他什麼忙？」

「你知道過去能給李伯伯作伴的，就是那條狗；如今牠死了，他除了好傷心，也變得好寂寞。那個神態兒，就像變了一個人似的。所以近來每隔個三、五天，都要來我們店裡一次，一方面是買東西，一方面跟我聊聊天。我要是搬到臺中去，他就連個聊天的人都沒有了。」

「你為什麼要那樣好心？他對我們有什麼好？」

「因為他過去幫忙過我們。其實我也不是因為他幫忙過我們，才要幫他。我是覺得他那麼老了，又沒有一個親人在這裡，我不能把他孤單單的扔在這裡不管。」

「我實在不明白，你怎麼有這個想法？秀美，只由於他一個人太孤單，你就要留在這裡陪他；他要是死了呢？你怎麼辦？你也跟著他去死嗎？我告訴你，你那些同情心，沒有意義的。他缺了你，絕不會寂寞死掉，照樣有人給他作伴。他有錢！什麼東西買不到，用不著你替他操心。可是我也提醒你，小心他，他一個老光棍，心理不正常，你要是對他太好了，說不定會惹出別的麻煩來。」

「我相信他不是那種人。」

「他不會？他也是一個男人哪。」

「你要是說這種話，我才覺得你的想法奇怪哩。」秀美見哥哥一逕把那個可憐孤獨的老人，貶得一文不值，就覺得很氣。難道她同情他，幫他解解寂寞，能算錯嗎？便反口搶白的說：「你既然覺得他那麼壞，上次為什麼一直勸我嫁給他，莫非他那時候是好人？現在變壞了？」

陳金根被妹妹一搶白，就變得滿臉通紅。沒想到她會把他那時候的心事揭露出來。他總不能當著秀美的面承認，是為了錢，才要她去嫁一個老頭子。倒不如找個老鼠洞鑽進去。所以耗了半晌，乾咳一聲說：

「那不同啊！那是名正言順的嫁給他，誰也不會說什麼。要是名不正，言不順，糊裡糊塗上了他的當；人家背後會說什麼，你想過沒有？」

「哼！你說的倒好聽。」秀美冷笑的一撇嘴：「你以為我不曉得你為什麼勸我嫁給他？還不是為了錢！」

「你胡說！」陳金根的臉變成一塊大豬肝。

「我胡說？你自己摸摸良心好了。」

「好了！我不跟你爭。」陳金根軟下來：「李伯伯的狗為什麼死了？你還沒告訴我哩。」

「被人毒死了，丟在山溝裡。」

「怎麼會被人毒死了？那條狗不是靈的很嗎？」

「牠再怎樣靈，也是一個畜牲，才會去吃一塊人家放了農藥的牛肉。你回來正好，可以把這件事講清楚，有人還懷疑是你幹的呢。李伯伯這些日子也在明查暗訪，要查出來誰害死大黃，就要跟他拚命。可是我知道，一定不是你；你如果想弄死牠，一定為了吃牠的肉；牠沒有被人拿去吃掉了，可見一定不是你。」

「照你的說法，就奇怪了。毒死大黃那人的目的，要不是為了吃香肉，又為什麼呢？他總不會跟大黃有仇吧？或跟李伯伯過不去？還是下手後，來不及拿走。可是這季節，又不是吃香肉的季節。」

「那我就不曉得了，我不吃香肉，也不知道香肉到底有什麼好。只是覺得大黃那樣好的一條狗，死得好可憐。所以李伯伯想大黃想的夜裡都睡不著覺，快要發瘋了。他還說要拿錢給大黃蓋一座廟呢，要我幫忙他，你說我怎能放下他不管，搬到臺中去？」

「你要是吃了他的虧，可別後悔。」

「用不著你管。」

五

陳金根聽說李思標給大黃建的那座廟，已經開始動工興建了，便好奇的搭車回去看。他下車後，連家都沒顧得回，就逕自跑到建築工地上。那是建在普濟寺下面山麓的一處平陽地，佔地不算大，只有一所矮小的正殿；倒是景觀很好，一片開朗。上距普濟寺，也僅一箭之遙。陳金根一到達那兒，便見圓識大師站在普濟寺的大殿前，向這兒眺望，他向他招招手，他竟沒見到。

其實圓識大師從那兒向下看，不只是今天，是從這座廟開工興建那天，就開始的。因為這座廟的興建與選擇的地點，都是他心頭的一個大疙瘩，隔的他不舒服。為此他也曾一再出面阻攔過，把李思標的那種作法，斥為愚民的異端邪說。無奈仍難使李思標改變主意：他覺得大黃絕對是一條靈犬，如今冤枉的被人毒死了，一定會成神，要能給祂建一個永享人間香火的處所；祂一定會保佑這一帶的人們，福壽安康。在泛神論的中國人心目中，原就什麼東西都有神，此語一出，自然具有極大的說服力。在人們供養的神明中，既然有門神、財神、土地公、灶君、山神、兔子神；狗當然也可以成神。且現在的社會富庶了，不再像過去貧困年代，有了一點錢，管它有神沒神，先把肚子填飽。如今在不愁吃穿的情形下，人們的心態也變了，把從前的怕挨餓，變成了怕死；千方百計祈求神明保佑他們多活幾天，多享幾天福。那麼見了神就拜，總不是件壞事。再加上這一帶的人們，多數都見過那條狗，見牠對主人那般忠心耿耿，早就生出愛惜的感情，如今牠被人害死了，也極為同情。所以廟還沒蓋起來，就先轟動了。

「喂！你怎麼會在這裡？」陳金根正眺望廟前的風景時，突然有人在背後講話。

「哦！是你？你怎麼也到這裡來了？」他轉回身來一看，發現妹妹站在他的身旁，就又接著說：「我是聽說大黃的廟蓋在這裡，特地回來看看。」

「你還沒有回家吧？」

「我到了這裡，就先來看他們蓋廟。」
「你回來得正好，我正要寫信要你回來一趟呢。」
「有重要的事情嗎？」
「我也許要結婚了。」
「你要結婚？」陳金根驚奇的向妹妹一打量，她的話太突兀了，他事前沒聽到一點消息；可是那一打量，心頭馬上就有一點明白：「嫁給誰？」
「可能是李先生。」秀美怯怯的望著她哥哥。
「怎麼還可……」他厲聲的要叫，很快又停止，接著激動的一伸手，把妹妹拉到工地的一角：「到底是怎麼回事？秀美，你老實告訴我，你是不是懷孕了？是那個老光棍害了你嗎？我先前還對你說過，你要防著他一點，你偏不信，現在上當了吧。」
「不是他。」秀美哭了。
「那是誰？」他又一怔。
「我不會說的。」
「你胡說！快一點告訴我，我去找那個王八蛋算賬。我不能讓別人欺侮你。」他抓住妹妹的臂，用力搖著。
「我不要你管這件事情。」

「你什麼意思？秀美，你被人欺負就算了？」

「不算怎麼辦？你說好了。你把他找出來，又能怎樣？打他一頓？還是逼著他娶我？要是我不肯嫁他，他又不能娶我，你又怎麼辦？不是越鬧越醜嗎？你嫌我丟的人還不夠嗎？現在李先生說他願意娶我，孩子生下來，就不至於沒有爸爸了，問題不就解決了？只是我現在考慮的，是不是應該嫁給他，那不是害他嗎？」

「我真該好好打你一頓，秀美。」陳金根氣得渾身發抖，對這件事情又有一種無力感。

「都是大黃死了，牠要是不死，就不會出這種事。」

「狗！狗！這與狗有什麼關係？早知道把牠做成香肉吃掉，就沒有事了！」陳金根氣咻咻的說。

六

陳秀美抱著孩子坐在「大王廟」前一個石墩上，望著一群搭乘遊覽車前來拜拜的香客，從掛在車身的紀事上，可以看出來，他們是一車來自宜蘭的信徒，一個個手持香紙供養，向大王廟內走去。因這所大王廟，自從建成後，就香火鼎盛，遠近都傳出這位大王爺，神通靈驗的消息，能保佑信徒們，求子得子，求財得財；求壽的，也能長生不老。前來祈求福澤的人們，便一天多似一天。致使臺北、高雄，或更遠的地方，都有人專程前來進香。廟前那個小廣場，便跟著熱鬧起來，有賣香紙供養的，有賣土產品的，有供香客飲食的各種小攤子；也有專給香客代步的叫客計程車。有關大王的狗故事，更越傳越多，說牠原就不是一條普通狗，而是天狗降生的，才會那樣通人性。所以死了以後，便成為神。因此這座廟，也擴建了再擴建；只是正殿簷下那方橫匾上，「大王廟」三個大金字，中間那個字比較新，像是後嵌的。那情形只有秀美跟當地少數幾個人，曉得它的祕密。原來這所廟建成時，大家曾集思廣益，想給它取一個好聽的名字。可是想來想去，都想不出一個合適的，只有沿用大黃的名字，叫它「大黃廟」，就寫成那樣一個匾。後來香火鼎盛起來，遠處不明白這層過節的人，便把大黃廟的「黃」字，漸漸叫走音，變成「大王廟」。當地人見這種說法雅得多，也夠氣魄，乾脆就把它改過來，取下橫匾上那個「黃」字，換上一個「王」字。

秀美生的那個孩子，是一個小女孩，長得胖嘟嘟的十分可愛。這時拿著一個大紅蘋果，蹲在她母親身旁，自得其樂的玩弄。可是她母親卻像一座石雕似的，一逕坐著不言不動，眼前這種景象，給她極深的感觸。是她的男人，已經於日前離開這個世界。雖然他們的婚姻，只是一種形式，仍幫她解除許多困擾，使她的女兒，有了一個名正言順的姓氏，她也倖免做一個，被人背後指指點點的未婚媽媽。並在生育期間，還得到他精神與金錢上極大幫助。

她原以為這些，只是他對她的恩惠，只要銘記在心，俟機報答就夠了。其餘依然他是他、我是我。完全沒想到，他一走，她就像被拋擲在一個失落一切的境地。是那麼的空虛、冷寂、栖皇；浮在四顧茫茫的半空，什麼都抓不到；更別想落實到一個有情有義的世界。她為什麼會有那種感覺呢？難道她跟他真的有情嗎？愛上了他？不會呀！在他們決定結婚的時候，他就曾向她鄭重表示過，他老了，不中用了，要她找尋自己的快樂。可是他說是歸那樣說，她卻未認真，只認真的告訴他，只要他向她要求，她會無條件的給他。那不關乎愛，也沒有情，只緣他們有一種婚姻的形式。

現在她茫然的回顧一眼——

她到哪裡好呢？

哪裡才能給她一種依恃？

突然她的目光落到普濟寺的大殿前，見圓識大師站在那兒向這邊眺望，她便連忙轉開臉。可是大師仍舊在眺望，目光從秀美身上移向那個小女孩，也看到她手裡那個大紅蘋果。

驀地低沉的嘆了一聲：

「孽呀！真是作孽呀！」

他早就想前去看看那個小女孩，他知道，她是誰的女兒。可是他是一個出家人，他是這一帶人見人敬道行高超的大師。但他最怕的，還是那條狗。他覺得牠真是有靈了；所以普濟寺的香火，現在完全被牠奪走了，弄得寺內冷冷清清的。如果他去了，萬一牠真的顯靈了，怎麼辦？不是又汪的一聲向他撲過來。

他希望孩子手裡那只大蘋果，能重回到大雄寶殿的祭壇上。那樣不僅那個小女人和那個小女孩，都會回到那裡；且會帶給普濟寺好運，恢復過去那種日進斗金的風光。他想著想著，嘴裡又禁不住冒出兩句：

罪過！

罪過！

他驟然一轉身，氣急敗壞走到殿內的祭壇旁，拿起磬錘錚錚的敲起銅磬來，嘴裡慌亂的唸著經。

而這時，秀美也被遠處那個人看得心頭毛毛的，忙抱起女孩，走到洗手臺，把那個大蘋果洗乾淨，再用紙把它揩乾，恭恭敬敬奉在大王面前的祭壇上，就在壇前的蒲團上跪下。可是她嘴裡念的，卻是詛咒，咒他害了她一輩子、咒他不得好死。然而她的心漸漸靜下來，那些咒語也從她口中消失，代之的是一大堆禱詞，祈求大王不要使她那般寂寞，降福給她的女兒，保佑全世界人類快樂安康；當然也包括普濟寺那位圓識大師在內。

再過一會兒，她不再祈禱了。只靜靜的跪在那個蒲團上，低垂著眼瞼，萬般皆寂的一動也不動。

其實她的心，仍沒有靜下來，而像一面銀幕似的，一幕幕的往事，在上面飛快劃過。她看到李思標剛來山上那副落魄狀，她見到他們洞房花燭，他那副滑稽的景象；她見到大黃偎在她身上，讓她輕輕的撫摸，她見到圓識大師那張慾火中燒的大紅臉，她記得……

她完全靜下來了，心智也全部停止。

她已經忘掉自己。

她不曉得置身何處？

她也聽不到旁邊的喧嘩，只有祭壇上的大紅蘋果，照出一片紅通通的光，把她的身子映出一層光彩。

突然一陣錚錚錚、錚錚錚的聲音，搗碎了她的靜。她連忙把女孩拉到懷裡，把她用力抱緊。

錚錚聲兀自在響，且越來越急，最後竟爆出鏗鏘一聲。

他是怎麼了？

他是不是瘋了？

秀美急忙把女兒再用力一抱，目光就落到祭壇上那個紅蘋果上。在那紅紅的閃光中出現的，不是端坐在神臺上的大王，而是可愛的大黃。一時她覺得，能夠保護她們母女平安的，只有這隻可愛的大黃了。

一九八五年九月二十五日刊載於【台灣日報】。

小蘋的夢

我的女兒小蘋，今年已經六歲，是一個人見人誇的小女孩，只是性情有點乖舛，所以我這些日子，都在為她暑期後即將上學的事，感到憂慮。

其實我為何要操那麼多心，孩子到了就學的年齡，送她入學，乃是順理成章的事；家裡沒有孩子吵鬧，倒可圖個清閒自在。可是小蘋不同，她是從小就被我慣壞了，寵得不知天高地厚。真耽心她到了學校，能否乖乖地聽從老師管教。要是仍像過去似的，一個不如意就大哭大鬧，那不給她老師難題做嘛！可是話又說回來了，小蘋確實是從小就受到我的驕縱，然而我不寵她，行嗎？因為她不是我親生女兒，只是一個歸我領養的孤兒，自然而然便喊我爸爸。

實際這件事，我在這裡也用不著瞞，很多人都知道我沒結婚，小孩子又不是在荒山曠野裡就可以撿到；那麼一定事出有因。這話說起來，已經是五年前的事了。那時候我的好友杜西平遭受一次車禍，負了很重的傷；可恨的是那個闖了禍的司機，在撞傷行人之後，竟不顧道義駕車逃逸，幸運的被好心的路人送到醫院。因此我聽到消息後，便急忙趕去看他；然而一見到時，就把我嚇了一跳，整個人好像完全被紗布綑紮起來。原來他傷的部位在頭部，腦蓋骨被撞碎了，肋骨也斷了好幾根；從傷口印出來的血跡，把紗布都染得通紅。他的太太雅蘋，祇知道抱著那個剛滿周歲小女孩，在一旁呼天搶地的痛哭，什麼主意也拿不出來。我剛進門，她便一把將我抓住。

「楊先生，你得想個法子救救西平。」

我當然要救杜西平，我這樣急切地趕到醫院，就是希望能盡我的力量把這位好友的生命挽救回來。我勸雅蘋千萬要鎮靜，此時此地絕對哭不得，那對病人心理影響很大。同時我還要去設法張羅杜西平的住院費用；對於這件事，直到現在我還對那家醫院非常不諒解；試想杜西平傷的嚴重程度，一個醫院如果有點醫德，或是稍有一點的同情心，就不該在病人垂危的時候，為醫療費用百般刁難。可是院方那種惡劣跋扈的態度，卻使人十分痛心，好像不繳妥住院保證金，他們就不肯加以援手。所以我當時氣得直搖頭，如果不是杜西平的傷勢太重，救人要緊，一定先跟他們大吵一番。

錢是張羅到了，有了錢就好辦事，醫生那張冷冰冰的臉也堆出笑容。可是錢仍舊挽回不了杜西平的生命。過了一夜，我再去看他時，他已進入半彌留狀態。

雅蘋仍不停哭泣，一雙眼睛變得又紅又腫。由於杜西平滿頭滿臉都包著紗布，雖然有一隻眼睛露在外面，但四周有層層遮蓋，大概也看不清什麼。於是雅蘋便告訴他我來了，杜西平才緩慢的抬手示意，要我走到他旁邊，然後拉住我一隻手抬眼向我望著：

「老楊！你來得正好，一切就託付你啦。」

「你說什麼？」我弄不清他的意思。

「我是說雅蘋和小蘋，以後就請你多幫我照顧他們；我已經不行啦，我們不是好朋友嗎？」

雅蘋聽杜西平這樣說，哭得更厲害了。我當時是答應也不好，不答應也不好，只有寬言的安慰，要他安心的養病，別的事不必他操心。但杜西平的傷勢畢竟太重，就在那天晚上，便與世長辭。

可憐的雅蘋，哭得死去活來。抱在她懷裡的那個小女孩，卻因驚懼過度，瞪著大眼睛望著她母親，臉色變成一片紫青。雅蘋的身體本來就不好，整天大病小病不離身，現在突遭巨變，在辦理過杜西平的喪事之後，跟著也病倒在床上。且不管我對杜西平的囑託有沒有承諾，他就是沒有講過那樣的話，站在好友的立場，我也不能置若罔聞。何況雅蘋和小蘋現在已經是無依無靠了，便時常去探望探望，給他們一點金錢上的周濟或勞力上的幫助；因此沒有多久，跟小蘋也混熟了，一到了那裡，她就吵著要我抱。其實這也難怪，這個正需人照料的稚齡幼兒，由於她母親病勢日重，哪有多餘的精神來照顧她。

雅蘋的病拖了將近半年，並且越拖越瘦，最後祇剩下一層皮包骨。其間雖住過一段時間醫院，但仍無起色，加上醫療費用開支浩大，她便索性不住了。那知她離院返家還沒有幾天，病勢竟迅速惡化。我再趕著把她送回醫院，已經是醫藥罔效，到了醫生都暗中搖頭的地步。

為了照料雅蘋的病，我請了三天假，日夜在她床邊守候，同時還得照顧小蘋這個又哭又鬧的小孩子。有天晚上雅蘋看起來精神好像好了許多，她抬眼看看我，又看看抱在我懷中的小蘋，一滴清淚也隨著眼角滾下來。我安慰的倒了杯水給她喝，她便要我靠到病床沿上。

「楊先生，西平去世的時候曾把我和小蘋託付給你，這些日子多虧你照顧我們母女。」

我曉得她話裡有話，卻猜不透她的意向。

「託不託付都是一樣啦，西平生前是我的好友；現在他去世啦，我應該照顧你們。」

「那我又要把小蘋託付給你了。」

「你怎麼也那樣想呢？」

「我想你也可以看出來，楊先生，我不行了，只是在這裡撐日子罷了。我倒沒什麼，放心不下的就是小蘋。這孩子的命是太苦啦，將來怎麼辦？不餓死才怪。所以我想來想去只有託付你比較適合，望你看在西平面上，好好照顧這孩子。」

「你不應該老想那些，應該靜下心來養病才是。」

「你要不答應，就是不願意照顧小蘋。我知道小蘋很淘氣，會給你添麻煩。」

這倒叫我左右為難，雅蘋病到這種程度，復元的希望幾乎微乎其微。可是我不願正面答應她，那不等於認定她的病好不了了。同時在我私心裡，也由衷不願把這個孩子接到手上。

因此便希望她的病能出現奇蹟，那就會免掉很多麻煩。但我對雅蘋的話又不能置之不理，此時此地，我不能讓她再感到傷心，我思量一下說：

「小蘋是你跟西平的孩子，我義不容辭應當照應。」

「那你是答應啦。」

我正在考慮如何回答這句話時，祇聽雅蘋又說：

「你把小蘋給我。」

祇因為我回答遲了一步，就觸怒了雅蘋嗎？連孩子都不讓我抱了？但我沒有立刻把小蘋給她，卻看看她；她確實太憔悴了，兩隻眼睛全凹在眼眶裡面。這個本來風韻極佳的女人，竟被病魔折磨成這個樣子。

「快把她給我嘛。」

雅蘋把眉頭皺起，那張已經瘦得很窄的臉，顯得更小了。我心頭也有點氣，這個女人大概病得太久，精神有點不健全；可是也不能亂發脾氣呀，這半年來，我為了照應她的病，往她家不知跑進跑出多少次，不知幫了她多少忙；不管金錢、勞力，祇要我能做到的，都無條件的給予支助，結果還得不到諒解。我還是把小蘋給了她；不論怎樣，小蘋終究是她的孩子，我沒有硬抱著不放的道理。

雅蘋是沒有力量來接孩子了，示意我把小蘋放到她的胸前；她便拉起小蘋的手，對著孩子的臉看了又看。也許她那個憔悴形景把孩子嚇壞，哭著叫著不肯坐在她母親的懷裡，張開兩隻小手舞動著要我抱。我見情形不對，只有湊過去幫雅蘋。但雅蘋卻用一隻手臂圍住小蘋，另一隻手在她背上輕輕拍著：

「別哭！小蘋，聽媽媽對你講話，你知道嗎？媽媽馬上就要走啦，到很遠很遠的地方，不能再見你啦。你以後要好好聽楊叔叔的話，做一個乖孩子，不要惹楊叔叔生氣。來！我的好乖乖，親親媽媽。」

說也奇怪，當雅蘋對小蘋講這番話時，小蘋瞪著眼睛好像聽得特別出神，一點也不哭鬧。可是當雅蘋伸手去拉她時，她卻哇的一聲大哭起來。

但見雅蘋把手放鬆，廢然長嘆一聲。

「小蘋，快親親媽媽。」我過去抱起孩子，向雅蘋面前送過去：「乖！小蘋好乖，小蘋不哭；親親媽媽，媽媽喜歡小蘋。」可是我的話毫無用處，小蘋拚命的掙扎著往後退，不肯靠近媽媽。

雅蘋又淒涼的嘆了口氣：「算了！楊先生，不要叫她哭了，你把手伸過來。」

「你要做什麼？」

「你只管伸過手來嘛。」

我雖然弄不清楚她用意何在，卻也不願拂逆一個病人的要求，只有把手伸過去。雅蘋也伸出她那瘦骨如柴的手把我的手握住，然後又用另一隻手拾起小蘋的手，把那隻小手交到我手裡後，才開口說話：

「楊先生，我要親手把小蘋交到你手裡。」

我這才恍然大悟，也頓時了解雅蘋用心的良苦與她那種母愛的偉大。此時我也發覺雅蘋整個臉龐全被淚水蓋住。我把那隻小手用力握握，心情也沉重起來。這是一個多麼沉重的託付呀，有種難以承受的感覺。但我一時又沒有話說，也不容我說推辭的話。

雅蘋沒有多久就追隨杜西平去了，我責無旁貸的把小蘋接到手裡撫養。可是帶小孩原是女人天賦本能，要一個大男人，去照顧一個啥事不懂整天啼哭的幼兒，真是一件頭大的事。餵奶啦、換尿布啦，種種想不到的麻煩，把人弄得頭暈腦脹。這期間我也曾向許多女同事請教過，每個人都講得頭頭是道，孩子到了他們手裡，就像玩魔術似的；只見用手摸摸拍拍，就會使孩子樂得咧開小嘴。而我如法實施時，照樣弄得手忙腳亂。

我也曾想到把小蘋送到育幼院，後來覺得這種作法並不妥當，人家把唯一骨肉託付了我，我這樣一推「六二五」，總覺得心有所虧。特別使我感到困擾的，是小蘋身體非常羸弱，時常鬧病；而一病起來，就不吃不喝，整天哭哭啼啼。因此我在背後聽了很多閒言閒語，說小蘋不是我的親身骨肉了，捨不得買好的營養東西給她吃，才會那樣面黃肌瘦。又說小蘋的父母曾遺留下多少財產，全被我吞沒掉。對於這些蜚短流長，我從來不去質辯，僅付之一笑，只要能對得起死去的西平與雅蘋，就心無所虧。

不過憑良心說話，對於扶養小蘋，我確實盡了最大力量。她父母去世時，非但沒留下一分錢，且為了雅蘋住院和辦理她的喪事，我還負了一身債。當然我也不會因此虧待小蘋，我當初接受這份託付，就要盡這份責任。為了使她長胖，我買市面上最好的奶粉，以及各種幼兒的營養品。不知是調配不當，還是有其他原因，這些食品吃到她肚子裡，效果恰恰相反，反而越吃越瘦。

另外使我惱火的，是給小蘋打針餵藥這兩樁事；由於她經常害病，這兩件事也就成了家常便飯。因此小蘋對打針的敏感程度，真可說是到了見針心驚的地步。只要看到護士小姐拿出針管，就會拼了全身力量來掙扎；即使我同護士小姐兩人，也要用力使勁才能把她制服得安靜就範。而打過針後那陣子哭鬧，更是驚天動地一般。至於餵小蘋吃藥，都是在連哄帶騙下行之，有時仍無濟於事。她要發覺味道有一點不對勁，就會哇的一聲吐出來，任憑再說什麼好話，都再也不會上當。唯一的辦法，就是硬往下灌，接著當然又是一場大哭；直哭到筋疲力盡為止。所以我經常會被她煩惱得不知如何是好，後悔當初自己多事，如今有苦說不出來。

當然小蘋有時，也是非常活潑可愛。當她沒病沒災的時候，晚上下班之後，你坐在沙發上，她就會把從幼稚園學來那些簡單的舞蹈和一些連貫不到一起的歌曲，一樣一樣搬出來。

這時你身上有多少疲勞，不愁不會消解。並且她有時也會很懂事，有些事情如果能事先對她解說清楚，她也會善體人意。記得一次去醫院打沙克疫苗，我在路上特別對她解說，如果不打針將來會變成瘸腿，不能走路，也就不漂亮了，然後再問她說：

「小蘋要不要漂亮？」

「要漂亮。」

「漂亮就要打針，打了針才不會生病，腿也就不會瘸啦，會長得活潑美麗。」

她聽說要打針，又面有懼色，哭喪著臉連醫院都不想去了，鬧著要回家，我便安慰她道：

「不要怕，有爸爸陪你。」

「我不要打針。」

「不打針將來就會不漂亮啦，變成瘸腿，連路都不能走，你喜歡變成那個樣子嗎？」

「不要！」

「不要就得打針。」

她才聽話的點點頭。

到了醫院，當護士小姐拿起針管對著她時，她雖然仍有點畏懼瑟縮。我向她搖搖手，鼓勵她不要怕，她果然勇敢起來。當護士小姐把針頭插入她那細嫩的皮膚當兒；她雖咧咧嘴要哭，卻沒有哭出來。

於是護士小姐摸摸她的頭：「先生，這是你的女兒嗎？」

「是的。」

「小妹真乖呀，打針一點都不哭。有些小孩子真不得了，見到打針就像殺了他似的。」

我只有笑笑，這也是兩三年來僅有的一次呀。

從醫院出來，我問小蘋：

「剛才打針痛不痛？」

「痛！」

「你為什麼不哭呢？」

「小蘋將來要長的漂亮，不要做瘸子。」

「對！小蘋將來長的一定很漂亮，像個小天使。」我高興的把她向空中舉了好幾次，又緊緊抱在懷裡，在她那蘋果般的小臉親了又親。於是我又帶她到兒童樂園走一趟，讓她玩個夠。她也一直高高興興玩的很好，絲毫沒有因為打針引起的反應而亂哭亂鬧。

小孩子長得都很快，小蘋自然也不例外，當她由幼稚園的小班升到大班的時候，懂的事也漸漸多了，老是提出一些沒頭沒腦的問題問我，弄得我不知如何回答才好。有一天她放學回來，突然提出這樣一個問題。

「爸爸，你姓什麼？」
「我姓楊啊。」
「那我姓什麼？」
「你不是叫杜小蘋嗎？當然姓杜。」
「為什麼你姓楊我姓杜呢？」她眨動著眼望著我：「我們為什麼不姓一樣的姓？許多同學都是他爸爸姓什麼姓，他就姓什麼，就是我們兩樣。」
我能告訴小蘋她不是我親生的女兒嗎？那樣勢必要告訴她的父母已經去世了。因為她從小到現在，心中早已認定我是她親生的爸爸了。如今照實說出來，她那小小的心靈能承得起這種打擊嗎？當然我也沒有永遠瞞著小蘋那種念頭，那是無法瞞住的；我只是希望她的年齡達到足以承受這種打擊的時候，再讓她知道。
「這你不明白，等你長大才曉得。」
「告訴我嘛！爸爸。」她依偎在我身上，不停的搖動著我：「他們說你不是我的親爸爸。」
「是誰說的？你不要信他們胡說，你當然是爸爸的好女兒，寶貝女兒。」
「同學們都這樣說嘛。」
「那都是騙你的。」

「他們說我不姓楊，就不是你的親生女兒。爸爸，我姓楊好不好？改名叫楊小蘋，同學們就不會講話啦，你不知道同學們講話好難聽啊。」

真是越扯越纏不清，便隨口答道：

「你媽媽姓杜，你是跟著媽媽姓的。」

「我也有媽媽呀。」

「當然有啦，每個人都有媽媽。」

「那我媽媽哪裡去啦？」

沒想到她會一句一句跟著追問，越想轉彎抹角把問題拉遠，惹來的麻煩越多。怎麼對她解釋呢？說她媽媽死了嗎？不成，她要為這件事鬧起來，我真吃不消。

於是我說：「你媽媽出去了。」

「到哪裡去啦？」

我被問得有點窮於應付，可是她的眼睛又一直目不轉睛的望著我，不容我不回答。

「出門旅行去啦。」

「到哪裡旅行？」

「到天堂上旅行去啦。」

「天堂在什麼地方？」

「在很遠的地方。」

「那她還回不回來呢？」她的大眼珠轉了一下：「媽媽出去這麼久，她不想小蘋呀？」

「媽媽當然想小蘋，她好喜歡小蘋呀。」

「那她什麼時候回來？」

「媽媽要很久才能回來，因為那裡離我們家裡很遠，她回來時候會帶給小蘋很多禮物。」

「我好高興哇，媽媽會帶給我洋娃娃？」

「那當然，只要小蘋乖，媽媽才會喜歡。」

「我一定乖乖地聽媽媽的話。」

「對！媽媽一定也會高興，就會帶更多禮物給你。上床睡覺吧，做個夢夢見媽媽。」

於是我抱小蘋到她小床上，她竟興奮得半天沒閉上眼睛，可是沒有幾天，她也就漸漸淡忘。在她的生活裡，媽媽究竟不是十分重要的人物，只有爸爸才是不可須臾離開的。不過我還是去拜訪幼稚園的老師一次，把小蘋的情形告訴她，要求對這孩子特別注意，不要給她過分刺激。同時在我散步的時候，也很少帶小蘋了。因為鎮上適合散步的地方，以鎮東山坡一帶最為宜，而杜西平夫婦就合葬在那裡。過去我帶小蘋到那兒散步時候，總要在墓地附近轉個圈子，憑弔憑弔這位好友。看看他們的墓堆有沒有被風雨沖損，隨時給他們修理整頓。

可是這件事並未因此就完全結束，接二連三來的麻煩更多。我住的地點是在鎮上的住宅區內，小孩特別多，整天吵吵鬧鬧，打架吵嘴的事經常不斷。對於這種場合，我本來禁止小蘋參加的；但小孩子是約束不住的，只要那裡熱鬧，她就會偷偷摸摸的溜去。

有一個禮拜天，我在窗前的桌子上看書。因為是放假的日子，街上的孩子也很多，在窗口又叫又嚷。過了一會我聽見他們在那裡談論自己的母親，有一個神氣的說：

「我媽媽在學校裡當老師，她可以管你們；你們誰要不聽話，她就會打你們的手心。可是她從來沒有打過我，她好愛我呀。」

又一個接著說：

「哼！那算什麼，我媽媽在臺北做事，她每次從臺北回來，都會帶給我很多新衣服和好吃的糖果。范玉祥，你有沒有吃過我媽媽帶回來的巧克力？」

他們輪流著說下去，過了五六人，突然停止了。

可是有個孩子叫道：

「小蘋，你說呀，輪到你了。」

「小蘋沒有媽媽，說什麼。」

「小蘋的媽媽呢？」

「她的媽媽死啦。」

「我媽媽才沒有死哩。」小蘋開腔了：「我爸爸說我媽媽到天堂上旅行去啦，回來的時候會帶很多禮物給我，我媽媽比你們的媽媽都漂亮。」

「呸！你媽媽漂亮，你見沒見過你媽媽，怎麼知道她漂亮？」

「我在照片上見過。」

「告訴你吧，到天堂上就是死啦。」

「才不是哩，天堂是個好地方，好好玩哩。」

「你為什麼不跟你媽媽去玩？那是你爸爸騙你的，我們都知道你親爸爸和媽媽是葬在東山上。」

小蘋講不過別人，哭著跑回家裡。

小蘋隨著時間長大，懂的事情自然越多，也有些奇怪的想法。雖然媽媽的地位，在她心中並不十分重要。但對媽媽卻始終不能忘懷，因為她始終掛著媽媽給她帶的禮物。就在那年聖誕節的前夕，為了應景，我也買了幾張聖誕卡回來，寄給幾個平時很少見面的朋友。

我正寫著的時候，小蘋也湊上來。

「爸爸，你在寫什麼？」

「寫聖誕卡。」

「寫聖誕卡做什麼？」

「寄給一些叔叔伯伯，祝他們聖誕快樂。」

「媽媽呢？你不寄給媽媽呀？」

「要寄的。」我不能說不寄。

「我也寄給媽媽好不好？」

「好的，你寄給媽媽的一定會更受歡迎。」我見小蘋那麼認真，不敢掃她的興；否則鬧起來，又要天翻地覆，便拉她到桌邊：「你自己寫好不好？」

「我不會寫。」

「我教你。」

「我要在聖誕卡上告訴媽媽，叫她趕快回家，帶給我一個好好玩的洋娃娃。」

「好的，你統統寫上。」

於是我把她抱到椅子上，拿出買來的聖誕卡讓她挑。她選了一張畫面最美的卡片，展開在桌面上，又找了一枝原子筆抓在手裡，讓我握著手教她寫。

本來那張聖誕卡寫過之後，我準備放在一邊，趁小蘋不注意時，把它撕掉。哪知小傢伙的性子特別急，寫好之後馬上用漿糊封起來，又把郵票貼好，立刻要我帶她到街上寄。我拗不過她，只有帶她到外面找郵筒，讓她親手把那張聖誕卡投了進去。我不知道郵局收到這封信時，是一笑置之呢？還是真有辦法投寄出去。

麻煩還不止如此呢，小蘋自從寄出那張聖誕卡後，就整天盼望媽媽也寄聖誕卡給她。因此每逢門口有人走動，她便會慌不迭出去探視，結果每次都失望。所以有一天她帶著幾分傷心的向我探詢：

「爸爸，媽媽是不是不喜歡小蘋？」

「小蘋是她的女兒，怎麼不喜歡。」

「她既然喜歡小蘋，小蘋給她寄聖誕卡，她怎麼不理小蘋；我好想媽媽給我寄聖誕卡呀。」

「她一定會寄的，還會寄給你禮物。」

「真的？」

「你等著吧，這幾天就會寄到。」

小蘋信以為真，高興得手舞足蹈。我為了不使她過於失望，第二天上班時，我便在街頭買了一張聖誕卡和一個洋娃娃，寫好地址寄回家。這個小包裹當天晚上便寄到家裡，那時我同小蘋正在吃飯，她聽說有掛號信寄到，便迫不及待的搶著去接。蓋好印回至客廳時，小蘋已經自己把包裹打開，拿出洋娃娃抱在懷裡，高興地又跳又舞。我便對她說：

「我說你不用急嘛，媽媽不是把禮物寄來啦？」

「我媽媽真好哇，我好喜歡她。」

「媽媽還叫你好好的讀書哩。」我念著聖誕卡上的字給她聽：「你聽不聽媽媽的話？」

「我聽。」

「那才是好孩子。」

接著她又高興的把洋娃娃抱著往鄰居家跑，告訴別人是媽媽從天堂上寄來的。鄰居們當然明白這事的內幕，但誰也不會當著她的面，把祕密拆穿。

她回來之後，仍一直嘮叨不休的講著，我抱著她走到窗口向外望望。這季節北部地區正是雨季，外面下著霏霏細雨，淅淅瀝瀝打著石階。我摸摸她逐漸變胖的小臉，看著她一天一天長大的身體，心頭是高興呢？還是滿懷高興中參雜一份難以言喻的淒涼。一時真是感慨萬千。

之後，小蘋確實乖巧了許多，那時候我和陸燕芬的交往，已經很深，並已互論嫁娶。這種事情在小鄉小鎮裡，當然瞞不過別人的耳目，甚至有人戲問何時可以吃我們的喜酒。但問題的癥結在小蘋身上，燕芬不願在剛結婚時就帶這樣一個孩子，她怕人家誤會，是給人做後娘。而我堅持的也是這一點，絕對不能和小蘋分開，我已經對她父母做過承諾，無論如何也不能做出負心的事。何況幾年的朝夕相處，已經和小蘋產生一種幾乎是血肉相連的深厚感情。就在我跟燕芬互不讓步的當兒，我發覺小蘋竟失去往日的活潑，在她小臉或眼神裡，好像罩著一種極深的憂鬱。但我沒有在意，小孩子的情緒總是很難捉摸的，一時會突然高興，一時又會垂頭喪氣，我把這種情形跟燕芬談了，她同情感嘆的說：

「好吧，我去看看那個孩子也好，如果她像你說的那般可愛，我們之間的條件便不存在。否則我們也不必再拖下去，那不會有什麼結果。」

燕芬為了來看小蘋，特地買了幾塊點心和一包糖果，下班後跟我一道回家。見到小蘋時，我便要她喊陸阿姨，她雖然聽話的喊了，可是那雙小眼卻盯住燕芬不停的看，燕芬便拉起她的手問道：

「幾歲啦？」

「六歲。」

「好乖呀，我真喜歡她哩。」

「大概是你們兩人有緣。」

我笑向小蘋問道：「小蘋，你喜不喜歡陸阿姨？」

她又看看燕芬，停了半天才說：「喜歡。」

「好！阿姨也喜歡你，阿姨拿糖給你吃。」燕芬拿出糖果的時候，小蘋卻拚命的不要，直到我說再不接，阿姨就要不高興時，她才勉強的伸出手來。但神情一直瑟瑟的，不時偷偷向燕芬望一眼，一句話也不說。問她一句，才答一句。

燕芬走的時候，我送到街口時她說：

「怎麼？小蘋好像怕我。」
「不會吧。」
「她看我的時候，樣子好像很害怕。唉！我原本希望能與她有緣，看情形是無緣了。」
可是我回到家裡，小蘋竟到我面前問道：
「爸爸，我是要有個新媽媽嗎？」
「你怎麼知道的？」
「王媽媽和李媽媽告訴我的。」
「你喜不喜歡有個新媽媽？」
她用力搖搖頭：「我還是要舊媽媽。」
「那個媽媽在天堂上要很久才能回來呀，有了新媽媽不好嗎？她會給你買新衣服，買糖果給你吃。你看剛才那位陸阿姨，就帶糖給你吃。」
「就是陸阿姨做我的新媽媽嗎？」
「你要喜歡她，她就會做。」
「不要。」
「為什麼不要？陸阿姨也喜歡你呀。」
她不講話了，眼睛望著我。

「告訴爸爸為什麼？」

「王媽媽說，我要有了新媽媽，就會有弟弟妹妹，爸爸以後就不會喜歡我了。」

「不會的。」我抱緊她，在她小臉上親親：「你永遠是爸爸的心肝寶貝，爸爸永遠都喜歡你。」

「真的呀。」

「爸爸多會兒騙過你。」

她又瞪著眼睛看看我。

「這該喜歡陸阿姨了吧。」

她才點點頭，我第二天便把談話的經過告訴燕芬，燕芬聽過之後，十分感動的說：

「沒想到這麼小的孩子，懂得這麼多。」

「現在你倆有緣了吧？」

「我還要試試，不要變成塊燙手的山芋。」

燕芬以後便時常到我家玩，小蘋起初對她，仍然有點怯，等兩人熟了，也就有說有笑。那是一個禮拜天，我同燕芬商量著中午自己做飯吃，到市場買了點菜回來，便忙著整理。小蘋見我們兩人忙碌，也要上來插一手，亂翻亂攪得天下大亂，燕芬便對她說：

「小蘋，別在這裡面，走開一點。」

她還是不聽，燕芬便推推她說：「看你的手髒成什麼樣子，趕快洗洗手去。」

「到外面玩去。」我也說：「別在這裡吵。」

小蘋聽了話，果然默默地走出去，再也沒有回來鬧。等我同燕芬把飯做好，找她吃飯時，卻東找西找都見不到她的影子。我租的那個房子本來就不大，既然不在家裡，一定是在左鄰右舍玩；可是到鄰居家裡打聽一遍，也都說沒有見到。這一來我真慌了，住處前面不遠地方就是一條河，她要一氣跳了河，我們的罪過可大了。我同燕芬急急向河邊奔去，但見河水滔滔，無情的逕自奔流。

這時我倆緊張的一點主意都沒有。正好一位鄰居從面前經過，見我急得滿頭大汗，便問我有什麼事，急成這個樣子。我便告訴他說：

「小蘋不見了！」

「我見到她向東山上走去。」

我拉起燕芬的手，放步向東山上奔去。燕芬腳上穿著雙高跟鞋，一跛一歪的跟著我跑。我倆一口氣奔到山坡下面，上了山坡，便見杜西平夫婦墓前有一片紅紅的東西，非常顯眼。我快步趕到墓前，竟然是小蘋躺在那裡，並且已經睡著。太陽照著她那蘋果般的小臉，上面映著晶瑩的淚痕。

「小蘋！小蘋！」我抱起她來。

她用手揉揉眼睛：「爸爸。」

「你怎麼到了這裡？」

「我來看我的親爸爸和媽媽。」

「看到沒有？」

「我夢見啦。他們好喜歡我呀。」

這時燕芬走了上來，聽了小蘋的話，感動的忙把小蘋抱緊，愛憐的摸著她的小臉說：

「可憐的孩子。」

本文刊登於【婦友月刊】。

年終獎金

一

明明昨晚突然在半夜哭起來，為的是尿了床。秀蘭對明明尿床本來就氣，經他這一鬧，氣就更大；便忍不住的把氣出在孩子的屁股上。於是明明哭得更兇，卜通本想勸勸秀蘭，小孩子尿床有什麼大不了，教訓兩句就算了，何必那麼雷霆火爆般的對待。但話到嘴邊，卻沒說出去。

他一夜沒睡好，早晨起床後，頭腦還昏昏的。照說星期天，他應該多睡一會才是，偏偏翻來覆去怎麼都睡不著。可是一打開窗子，迎面竟是一陣柔柔的東南風，好鮮好嫩。到底快過年了，前幾天還是那種凍死狗般的西北風，挾著討厭的毛毛雨，像鞭子般往人身上抽；祇抽得人渾身發抖。也許從現在起，什麼東西都會變好；年過去了就是春天，一切都會重新開始。可是卜通想歸想，仍禁不住疲倦的直打哈欠。不過也難怪，由於年節到了，公司裡的業務忙，昨晚加班加到半夜，回到家裡已經半夜兩點。他原想能好好的睡一覺，那知被明明哇哇一哭，秀蘭的巴掌再劈哩啪啦一響，就越發睡不好。

他抬起兩手揉揉臉，想把疲倦趕走；然而越揉，就越煩。這時他才猛然察覺出，他身上那股疲倦不是用手可以揉掉的。它是藏在他心裡，悶得已經發酵了，時時都在冒泡泡。那麼他的疲倦是什麼？是對工作嗎？還是對生活？或者是家庭？好了！那些惱人的事情不要去想了，再想簡直活不下去，穿好衣服準備出門才是。

周天平昨天打給他一個電話，邀他今天上午一道去看張方。當時他沒經考慮就隨口答應了，再想改變已經來不及。到了張方家裡，一定沒什麼好事，桌子一拉，麻將一擺，也就上場了。他自從結婚後，手頭不寬裕，打牌的機會少之又少；先前原以為能禁得住，哪知道周天平一提，心又癢癢的。

他伸手去拿夾克的時候，見秀蘭在餐桌旁餵兩個孩子吃飯。他向他們母子看了看，心馬上打了幾個轉，從眼前的情景看，他還有什麼好倦怠的，工作不好嗎？上班、下班，安安逸逸的，一個月也有兩萬多塊錢好拿。生活不好嗎？在食衣住行方面，還有什麼或缺？好吃的、好用的、好玩的；祇要想到的，沒有哪件達不到目的。家庭不好嗎？看看秀蘭、看看那兩個活潑可愛的孩子，尤其他對秀蘭，更有一份由衷的感激。雖然兩人的結合，並沒經過羅曼蒂克式的戀愛，也不算是一樁缺陷。他們是在一個宴會上認識，再經親友們的熱心撮合。由於彼此都具好感，很快便互訂終身了。於是卜通結束單身生活，開始一種安寧、規律、平靜的日子。秀蘭也是一個很能幹的女人，雖然已經生下一男一女，仍把家裡整理得窗明几淨，使卜通每天下班後，一踏進這個小天地，就感到十分溫暖，熱茶、熱飯、熱菜都準備得好好的。

更使他感到安慰的，是兩個孩子不但都乖巧可愛，在他每天回家時，更爭先恐後的搶著叫爸爸，那甜甜的聲音，會直暖到他的心窩裡。不過孩子乖歸乖，仍十分讓人操心。像老大華華，雖然已經五歲了，卻始終不肯好好吃飯。嘴巴又有點刁，挑吃揀喝的，餵他一頓飯，會使人筋疲力盡。老二明明雖也有三歲，毛病是愛哭，稍不如意了，就直著嗓子乾嚎。現在秀蘭為了餵兩兄妹，在那兒被折磨得手忙腳亂。但她一向都是出名的好脾氣，不捨得戳孩子一指頭；她昨晚為什麼要打明明呢？還打得那麼兇。

心裡一有了那個想法，卜通就禁不住朝秀蘭臉上多看兩眼，同時也把夾克穿到身上。秀蘭恰巧這時也掉過頭，帶著股奇怪的表情開口了：

「你要出去啊？」

「對！我今天上午有點事情。」

「到哪裡去？」

「跟幾個朋友約好了，去看一個人。」

「你不是講好了嗎？今天帶我們到街上辦年貨？」

「年終獎金還沒發呢，我是說發了年終獎金，再帶你們去辦；不發年終獎金，哪來的錢辦年貨。」他兩手向外張了張，表示他也無能為力。

「你們的年終獎金怎麼還不發？再過一個禮拜就要過年了，人家好多公司，已經發了半個月了。」秀蘭把目光朝他臉上搜索的轉了轉。

「大概會計部門還沒算出來。」

「會不會沒有啊？」秀蘭的目光轉換為關切。

「那倒不會，聽說今年的年終獎金比往年還多。去年我好像是拿了三個月，據說今年最少是四個月；如果二月份的薪水再提前發，一次就是五個月。」

「啊！那麼多哇？」秀蘭興奮叫道。

「你去年的月薪是兩萬二吧？五個月就是十一萬。就算扣掉所得稅跟勞保什麼的，起碼也有十萬多。」

「但願能像大家傳說的那樣。」

「要真的有那麼多，我可要買件新大衣了，卜通。我那件大衣穿了五、六年，已經舊得穿不出門了。」

「反正年終獎金拿到手，全部交給你，你愛怎麼花就怎麼花。」卜通一揚手做出副慷慨大方狀。

「你真好，卜通。」

「那我走了。」

他那話說完後，轉身就要邁步。可是目光一掠時，發覺兩個孩子的眼睛都在瞪著他，神色中有一種急切的表情。卜通自然曉得他們急切的是什麼。本來在他結婚前，從不曾研究過兒童心理，也不會關心孩子們想什麼或希望什麼。自從做了父親後，整天在家跟孩子一起廝混，對孩子們的心態自然而然了解了很多。所以他祇那麼一打眼，就知道孩子們所急切的事情，就是上街。其實也難怪他們會盼得那麼急切，孩子總是孩子，從他跟秀蘭答應他倆，星期天帶他們出去買新衣服，買玩具那天起，小兄妹就一直都在盼，恨不得星期天馬上到來。現在見他要出門，又不帶他們兄妹，心裡怎麼能不急。他便煞住步子對秀蘭說：

「我因為跟朋友約好了，沒法陪你們。你要是沒有事情，就帶他倆到街上玩玩吧。看他們也可憐，早就盼著星期天出去玩，到時候又不出去了。」

「出去就要花錢，你有事情就算了。」

「花錢就花錢，祇要他們快快樂樂就好。對孩子說話就要算話，既然答應了，就得算數。」

「那我就帶他們隨便到哪裡轉一圈就好了。」

「家裡又沒有錢了，是不是？」他望著秀蘭說。秀蘭雖然持家節儉，可是在孩子身上，並不十分吝嗇。

「還有。」秀蘭吞吐了一下。

「還有就帶他們出去玩玩。」卜通猛然一揮手。

「可是那個錢是準備給房租的。」

「哦！」見秀蘭那樣說，他馬上就明白，便伸手從口袋掏出一捲鈔票數了兩千遞過去：

「那！這個給你。」

「你又哪來的錢？」

「你不管了，帶他們出去玩得痛痛快快的。」

「又要去打牌，是不是？」

「是周天平打電話給我，邀我今天去看張方，還有陳宗仁也一道去，我不好意思拒絕他們。」

「那你就去吧，多帶點錢比較好。」

秀蘭沒接他遞過來的錢，反而把他的手往後一推。但他知道秀蘭對打麻將這樁事，可說討厭到了深惡痛絕的地步，卻又從來沒說不讓他去打。甚至偶而有朋友來家裡玩，她也能招待得周周道道，不露絲毫不愉悅。

他祇有把手收回來，又把錢揣回口袋。他也希望身邊能多帶一點錢，膽子也壯些。自從成了家，卜通一向都主張打小牌，達到消遣的目的就好，別弄得傷筋動骨。可是周天平跟張方那兩個傢伙，錢賺得多，就水漲船高，不怕牌打得大，輸贏動輒上千上萬。所以卜通昨天答應周天平以後，特地找出納小姐借了五千塊，來應付今天這個場面。他原想不讓太太曉得這件事，如果輸掉，用年終獎金挪補一下掩蓋過就算了。但他究竟是一家之主，是一個對家庭負責的人，見太太那樣說，就無法不掏錢出來。如今秀蘭不拿這個錢，他卻不能就此不問：

「那你打算怎麼辦？」

「我帶他們去看看外公外婆，然後再上街轉一圈就好了。」秀蘭的臉色看起來怪怪的。

「不要回家向你爸爸媽媽拿錢。」卜通像突然被針刺了一下似的，痛得咆哮起來。那是秀蘭的老毛病，過去他們生活不寬裕的時候，祇要手頭緊了，她就會跑回娘家周轉。他為這件事，不知講過她多少次，又拼命想法子賺錢，依然無法使她改過來。於是他又把那兩千塊掏出來，硬塞進秀蘭手裡：「拿去！不要去看外公外婆。帶他們出去，把它全部花光了。」

秀蘭像被這陣突如其來的憤怒弄傻了，一時呆呆地站在那兒，不知如何是好。他也不管三七二十一，拉開門便匆匆忙忙往下走。直到出了樓梯間，才覺得天氣暖暖的。實際這時節究竟是冬季，到了巷子裡，被過道風一吹，就發覺身上祇穿一件夾克，是有點單薄。回頭再到樓上加件衣服吧，又覺得心頭懶懶的，一步都不想動。

「卜通！卜通！」秀蘭的聲音突然在樓上響起來：「你怎麼連毛衣都不穿，就跑出去了。」

「我以為今天不太冷呢，哪知到了樓下，才發覺冷颼颼的。」他看到秀蘭手裡拎著他的毛衣在空中晃：「謝謝你！秀蘭，丟下來吧。」

「你午飯回不回來吃？」

「可能不會回來。」

「晚上呢？」

「晚上會回來，但你們不要等我。」

這時毛衣已經落到他手上，等他穿上毛衣，身上驟然暖和起來，才發覺剛才用那種疾言厲色的態度對待秀蘭，是有點過分。從他們結婚到現在，所走的路雖然不完全是平平坦坦，有時也會出現小彆扭，卻沒真正紅過臉。那麼他昨天就不該答應周天平。他要不去打牌，秀蘭的臉色就不會怪怪的，他也不會發脾氣。可是不答應就對嗎？他的生活就應該那般平平淡淡的一輩子？

當卜通在吳興街下了車，遠遠便見張方在巷口對他招手，他馬上加快腳步走過去，兩雙手便緊緊握到一起了。說起卜通、周天平、張方、陳宗仁四個人，原本是同學，大學畢業後，又到同一個公司做事，合租了一幢小公寓；平時除了上班，大半的時間都在牌桌上磨，感情便越來越親密。可是過了兩年，又漸漸分別往不同的道路竄去。卜通結了婚，仍留在公司沒動，一升再升，也成了一個部門的小主管。周天平開了一間貿易公司，陳宗仁轉到旅遊界，被人聘去主持一家旅行社。冒的最快的，還是張方，他當上一家美國採購商駐台的採購經理，除了有一份優厚的薪水跟一輛漂亮的汽車，還偷偷摸摸的拿佣金；另外他還投資了一個廣告社，業務也開展的很快。因而錢多得莫老老，生活闊的不得了，自己住了一幢公寓，雇了一個傭人，女朋友老是換來換去。

其實張方不但冒得快，變得也快。當初在學校時，大家早就看出他將來有出息，因為他除了在功課方面差一點外，其他方面都出類拔萃，個子高高的，肩膀寬寬的，有一張充滿性格的臉殼子，開朗、豁達、有衝勁、凡事不在乎；當卜通等三人想女朋友想得團團轉的時候，他手臂上卻經常掛著幾個標緻的小妞兒。當時他們都覺得，不論事業跟愛情，張方都會得雙料冠軍。但他們祇猜對一半，張方的事業雖然蒸蒸日上，愛情方面卻一直腳腳踹空，老是栽跟頭。像他，如今已經做了兩個孩子的爸爸，周天平跟陳宗仁也都傳出結婚的消息，張方的另一半依然沒有影子。也許他之所以找不到頭，是由於有個女孩子傷了他的心，那女孩名叫朱燕妮，長得十分漂亮，性格又溫柔。凡是見過他倆的人，都認為兩人是天造地設的一對，就是他們自己，也公開坦承這份戀情。那知朱燕妮後來去了歐洲，原說得好好的，回來就結婚；沒料到她一去就音訊杳然，張方不知去了多少信，都像石沉大海般無影無蹤。他見寫信沒有用，便親自跑去歐洲一趟；結果如何，他雖沒對別人吐一個字；但從那時候起，他便活脫脫的變成另一個人。起初對任何女孩子都不理，把感情的門戶關得緊緊的。像他那樣的男生又能孤獨多久呢，所以過了年把光景，便又跨出寂寞的門檻，走進脂粉陣裡。不過他荒唐了，不再找正經女孩子，專在風塵女人身上打滾，跟她們跳舞、洗澡、開房間；甚至帶到他的住所；就是不談婚嫁。為此卜通曾勸過他好幾次，別再荒唐下去了，找個合適的女人才是正經。每次張方都是不在意的笑笑，根本不把他的意見放在心上。後來他嘮叨的次數多了，竟被給了個「老學究」的綽號。

「怎麼現在才來？我等了你好久。就是見不到人。」張方親熱的笑著說。

「我在候車站等了好久，公車就是不來。」

「搭計程車嘛，到這裡也沒有多遠。」

「公共汽車也很方便。」

「有家了，就那樣會算。早知道，要周天平把車子繞個圈，去接你多好。現在天平跟宗仁都是有車階級了，就剩你一人了，我看你也買輛算了。」

「我那裡來的錢啊。」

「我貸款，長期的無息貸款。」

「免了！免了！」卜通拍著張方笑道：「就是養活那一家子人，已經把我弄得筋疲力盡；要是再買車子，不把我壓死才怪哩。那照你說，天平跟宗仁已經到了？」

「別講了。」張方突然笑起來：「一大清早，我們還沒起床，他倆便把我們轟起來。」

「你們？那一個是誰？」

「昨晚我又帶回一個來。」

「女的嗎？」

「那還要問嘛！我發瘋了，還會去弄一個帶把的。」

「幹什麼的？」

「一個舞女。」

「你到底在搞什麼鬼呀？張方。怎麼老是搞這種名堂？為什麼不正正經經的弄一個？這麼胡鬧下去，怎麼得了？」

「怎麼老學究的脾氣又來了，好了！不談那些，還是談談麻將吧。你好久沒有打了吧？我說結婚就有管轄了，不再像單身一樣自由，對吧？所以你跟我講那些沒有用，或許我一輩子都不會結婚。我的脾氣你是知道的，一上牌桌子，就老想做大牌，做不成就算了；不像你們一個屁和就倒下來，還怎麼結婚呢？」

「你是眼眶子太高了。」

「所以我主張打牌一定要做大牌，就像追女人，一定要追漂亮的女孩子，要是和屁和，贏了錢都窩囊。你看我今天好好做兩副大牌給你看。」

他們那場麻將打到下午五點鐘便結束，因為張方在開始的時候就講好，他晚上有事情，有一個女孩子在西門町等他；所以大家雖興猶未盡，也衹有草草收場。但在算輸贏時，僅從檯面籌碼看，就知道張方一吃三；其中輸得最慘的，就是卜通，照他剩下那一點點籌碼算，最少也得拿出四千塊錢。可是他口袋裡衹有三千塊，便一面往外掏著錢，一面不好意思的對張方笑著說：

「我今天帶的錢不夠，餘下的衹有欠著了。」

「算了！算了！」張方兩手朝牌桌上一攪和，就把麻將跟籌碼全部攪亂了。

「把錢收起來吧。」

「你這是幹嘛呀？」卜通奇怪的望望張方。

「幹嘛！我們在一起，不過玩玩罷了，還真的講輸贏啊！你講我們四個人？誰要贏誰的？我之所以要贏那麼多籌碼，是想和幾把大牌給你們瞧瞧，讓你們知道我的厲害。」張方說著，臉上盪著一臉興奮和得意。

「好了！卜通！他不要就算了。」周天平也笑道：「他已經被錢多壓壞了，你再要給他，不把他壓死了！不過他小子也別神氣，贏了那麼幾個錢，就不知道姓什麼了；忘記過去輸得連褲子都沒得穿的時候。這樣好了，等大家的年終獎金發下來，再好好拚一下。」

牌局就那樣散了，卜通在回家路上，心一直沉沉的，好像欠了別人點什麼似的。檢討一下這場麻將，他怎會輸得那般慘？實在不應該。那是就四人的技術而言，他是最高的一位；而最令他不服的，是輸給了張方；因為張方的技術在他們四人當中，是出名的臭，十打九輸。偏他今天手風會那樣好，老和大牌。

想了半天，卜通終於想通了。他今天是中了張方的計謀，自己把手風弄背了。本來在牌局剛剛開始時，他的手風雖不十分順，也不算背；因而大牌雖做不起來，屁和還是可以和；如果順著這個路子走，多和幾個屁和，把手風弄順了，大牌照樣做得起。但他偏不要和屁和，非做大牌不可，以致把手風弄背了，再怎麼都順不過來。

可是不論張方怎樣說，卜通絕不承認他跟秀蘭結婚，是在和屁和的心理下，締結的一份姻緣。因為秀蘭帶給他的溫馨跟快慰，是比一個大滿貫都令他滿足的；祇不過這個大滿貫的到來，不像做大牌那樣艱辛罷了；好像一拿到手，就是現成的清一色。當他這樣想著的時候，開得飛快的公共汽車，正駛過一帶綠色的樹叢；在樹叢上面，，開著一大片艷麗的聖誕紅，映著陽光在迎風招展。卜通突然想起，他第一次見到秀蘭時，她不就是這麼艷麗？帶著一份迎風招展的嬌俏，所以他馬上就被那份嬌俏與艷麗迷住。但現在的她，卻把那份嬌俏跟艷麗隱藏起來，祇偶爾在眸子裡露出一點點；剩下來的，祇是一份柔，柔得他覺得好軟好暖啊。那他還有什麼不滿足的？如果有，就是他對這個家庭有了責任，不能像單身時那般自由自在。

他回到家裡，晚餐已經擺在飯桌上，一葷一素，還有一個青菜湯。秀蘭坐在飯桌邊，拿著碗在餵老二吃飯。老大卻手裡拿著筷子，對著面前的飯菜發呆。

「噯喲！你怎麼這樣早就回來了？我還以為你們會玩到十二點呢，就沒做什麼飯菜。」秀蘭一見他便說。

「這樣就好了，能填飽肚子就行。」他清楚秀蘭的習慣，祇要他不在家裡吃飯，飯菜就會非常簡單。

「爸爸！我要個大飛機。」華華見到他，把筷子往桌上一放，尖著嗓子大聲叫起來。

「什麼大飛機？」他連忙問。

「是那種會在地上跑，又會閃光的大飛機。」

「哪裡有那種飛機？」

「街上就有，我向媽媽要，媽媽不給我買。」

「不買就算了，過幾天再買。」

「我要嘛！爸爸。」華華委屈得眼睛裡閃著淚光。

「華華！叫你不要吵！不要吵！聽到了沒有？」秀蘭停止餵明明，轉頭瞪著老大。

「可是對面的王伯雄，就有那樣一個大飛機，好好玩喔。會自己跑，還會轉彎，也會嗚嗚叫。他爸爸媽媽都給他買，你們為什麼不給我買？」

「不是講過了嗎？爸爸發了年終獎金，保證給你買一架大飛機。」他坐到老大身邊，幫他拿起筷子，塞進他手裡。可是華華仍然不自在，執意不肯吃飯。他又柔聲的說：「別哭了！聽話！要不要爸爸餵？你那麼大了還哭，也不怕妹妹笑你？」

「不要餵他！卜通。」秀蘭又吼道：「叫他自己吃！不吃就挨餓。這孩子越慣越不成話了，一個不如意，就又哭又鬧。剛才要買飛機，我說等你發了年終獎金再買，他都不肯，就賴在地上不走。」

「那就是你不乖了，華華，怎麼媽媽講的話？你都不肯聽？」他又拍拍老大說。他必須支持秀蘭，在管教孩子方面，他們有個共同的約定，一定要行動一致。

華華見爸爸都幫媽媽講話，就不敢再鬧了。便拿起筷子，抽抽嗒嗒的自己吃飯。

秀蘭又望望卜通說：

「張方還好吧？要不要幫他介紹女朋友了？」

「他還要你介紹，不過跟你開玩笑罷了；他的女朋友用火車都裝不完。今天我們所以散的那麼早，就是因為他跟女孩子有約會，才不得不早早收場。」

「他那個人真叫人不了解，條件那麼好，就是找不到一個合適的女孩子，真是怪事。」

「想喝他的喜酒，難喔！」他對秀蘭一笑說。他不願告訴她，張方的論調跟行為。

「那你打牌贏了還是輸了？」

「輸了！」卜通一攤手。

「輸了多少錢？」秀蘭關心的問。

「一個子兒都沒輸掉。」

「那怎麼算輸？」秀蘭感到很奇怪。

「事實是輸了，少說也有四千塊，我身上帶的錢都不夠。可是張方把籌碼一劃拉，也就沒有輸贏。」

「那是為什麼？」她又看看他。

「他說大家不過玩玩，玩過就算了。」

「打這樣的牌，還有什麼意思？」秀蘭說著突然把黑眼珠猛一轉：「張方是不是因為你有家，見你輸的太多，不忍心，才故意把籌碼攪亂了。」

「不會吧，他們還邀我發了年終獎金再拚一次呢。」

「要是再打，就多帶點錢，不要讓人家可憐我們。」

卜通聽到秀蘭的話，不由己的抬頭向她端詳端詳，他不信秀蘭會說那種話。秀蘭不高興他打牌，在婚前就一再表示過。到了婚後，他偶然打一次，她雖從來沒表示反對；但他知道，她依然十分憎惡。

於是他探詢的說：

「你今天怎麼了？秀蘭，脾氣那樣壞？」
「我心裡好煩哪。」
「煩什麼？是不是因為我打牌。」
「我也不曉得，好像不是。」

二

「要發薪水了，大家帶私章到出納組那兒去領。」小妹站在辦公室中央，大聲的向大家宣佈。

「小妹！小妹！」卜通向她招手叫道。

「什麼？」小妹走到他辦公桌前。

「我今天太忙，沒時間去領，還是請你幫我領一下吧。」他拿出私章朝小妹遞過去。

「不成！出納剛才講過了，這次的薪水跟年終獎金一起發，數目很大，不准別人代領。」

卜通見小妹那般說，也沒有法子，祇有把私章塞進抽屜裡。那天他的工作確實很忙，直到下班時，才抽出時間去領。他一到出納的櫃台前，出納小姐便笑瞇瞇的遞給他一個薪水袋，裝的全是千元大鈔。同時對他說：

「卜先生，請客吧！」

「請客沒問題，這是多少？」

「薪水袋上有寫，你自己看嘛。」

「哦！十五萬哪！怎麼會有十五萬呢？」他看清楚薪水袋上的字，又把目光回到出納小姐臉上。

「是這樣的，因為公司去年的業績太好，盈餘數字超出預算很多，上面便決定今年的年終獎金，一般人發四個月，你們做主管的，再多發一個月，就變成五個月，並且都按新調整的薪水數字發。你現在的薪水每月是兩萬五，五個月的年終獎金，再加二月份的薪水，不整整十五萬？」

「想不到！想不到！有十萬塊我就滿足了。我前天還跟我太太講，今年可能發四個月的年終獎金，她就高興的不得了，沒想到還多出一個月。」

「你要不要個空白薪水袋？」

「要那個幹什麼？」

「自己重新填一填哪，把年終獎金改成四個月，你就可以有兩萬五千塊錢的私房錢了。」

「你也贊成先生們來這一手嗎？」

「說贊成，也贊成；說不贊成，也不贊成。」

「為什麼？你先生有沒有搞過這一手？被你捉到過？」卜通好奇的笑著追問。

「我才不管他那些事情呢。」出納小姐把頭一昂，嘟著嘴吧說：「我都不會去查問他。你說查問出來有什麼用？跟他去鬧？又能鬧出個什麼結果？所以他的薪水是多少，我從來都不問，給多的，我多拿，給少的，我少拿。祇要有飯吃，有衣穿、一家人快快樂樂，平平安安，就比什麼都好。」

「我真佩服你，性格那麼開朗。」

「所以我給你個空白薪水袋，讓你自己看著辦。」

他接過出納小姐給他的空白薪水袋，回到座位上用原子筆敲著腦殼子，思考應不應該自己填，並該怎麼填。過了一會，他真的動筆寫了；因為再跟張方拚的時候，如果口袋裡充裕，就不會怯場；打牌就那麼邪門，怕輸，就一定會輸。要有一個月的薪水給他撐腰，他就不會怕。像張方那種狗屎牌，他會輕而易舉把他宰得丟盔棄甲。突然他又把那個填好的薪水袋，三把二把撕得粉碎。幹嘛呀！孩子都那麼大的人了，還搞這種狗屁倒灶的玩意。

雖然張方說，結了婚，就有了管轄，不自由了。可是他對自己的婚姻，除了不能像過去單身時那般自由，可說別無遺憾。

那麼就把所有的錢全交給秀蘭處理好了，如果張方他們真的再找他挑戰，相信秀蘭一定會拿錢給他，雖然她心中是不願的，表面上還是會做得很體面，不會讓他在外面出糗，那不就成了。他到底是一個有家的人，即使他不願受它的拘束，又能一腳把它踢開嗎？何況他對這個家還十分滿意。因而別說一點點年終獎金，就是比這更重要的東西，他也得無條件的為它奉獻。這不僅是他，就是全世界有家的人，全都會這樣子。

我們攜手同行

一

金山對我及內人是一個讓人難以忘懷的地方。

在我的感覺上，每個春天都過去得特別快，才見枝頭著綠，轉眼就碧濃盈野。記得今年年初，當春的舞衣剛拂向大地的時際，吟柳就提醒我，一定要好好把握住這個春天，不讓它那樣快的溜走。或到山上渡假，擷一山奼紫嫣紅，作為裝飾生命的胭脂；或到海邊走走，把工作的疲累與心頭的積鬱，揚向海闊天空的世界。別再像過去似的，只一蹉跎，就辜負了大好春光。我對吟柳這個意見極表贊同。不僅我們都認為把握時光，等於把握青春；而及時行樂，更是珍惜青春的最佳方式：不致坐待春去方惜春，等閒已是春光老。另外我對吟柳的心態，也十分理解；是她現在的年齡，正逢繁花似錦的敏感年代；這種燦爛花開的景象對她來說，好雖然好；只是斯景一過，接著而來的，便是闌珊春暮。她的惜春心理，自然較別人尤為強烈，時時刻刻想把時光像寶貝一樣抓緊；特地購置幾套時髦的新裝，做為旅行時穿著。

煞風景的是：一季春雨，澆霉了一季春光；乍暖還寒間，已到小紅著嫁衣裳的時光。這種春光苦短的景況，固然使我感到惋惜；奈何小紅要嫁，想留也留不住，就由她去吧。反正玩的時間多的是，今年不玩明年玩，青山依舊，綠水長流，春天去了還會再來，一個小紅嫁了，還有另一個小紅會帶來另一番奼紫嫣紅。何苦為了幾次郊遊沒達到目的，而戚戚然。偏偏吟柳在家裡窩了一春，十分不甘，要在夏天得到補償；特別希望前往金山一趟。

對她這個想法，我也更沒有話講，相信那兒的淳樸風光，準會使我們十年來的婚姻生活，平添如許溫馨。因為直到現在，我還記得那個悶熱的夏日下午，我在台北火車站前一個叫做錯中錯的咖啡間泡冷氣的情形。因為這家咖啡間的咖啡以錯得離譜出名，使現在那些錢多得花不完的人偏喜歡這種調調，趨之若鶩。我雖然對那種的咖啡並不欣賞，仍經常在那兒一坐就是一個下午。夏天嘛！到處都曬著火熱的大太陽，叫一杯難以下嚥的怪味咖啡，看看人生百態，換取半天涼爽，也是值得。

突然擴音器響了：

「林欣先生電話。」

我一聽就知道這個電話肯定是老段打來的。只有他才弄得清我的去處。他曉得我一到假日，生活便亂了章法，只會在這個咖啡間消磨時間。所以他對我那種單身漢的孤寂生活，寄予無限同情和關懷。

「林欣，我跟我太太在佳愛保齡球館，你快來一趟吧。」我在電話上報出自己的姓名，老段便急急地說。

「啥事？」我有點明知故問。

「來了就曉得啦。」

「馬上就到。」

老朋友了，用不著多問，只把他那句話在腦際打一個轉，就猜準了是什麼意思。因為老段夫妻都是薪水階段，還要養兒育女，經濟情況便不算寬裕，日常生活極為節儉。要他們兩口子，平白無故拿著鈔票到保齡球館去扔，根本不可能。一定是他們身邊另有一個還沒找到頭的小妮子，要我去相一下。我放下電話，叫了一輛計程車，就直奔佳愛保齡球館。並在進門前，好好把頭髮梳了梳，整整衣服，以便用最佳廣告畫面推銷自己。

我的猜測果然沒錯，一進入保齡球場，便見老段夫妻同一個小妮子，在一條球道上滾那種黑不溜球的東西。只是他們兩口子的球技實在不高明，球老往球道兩邊的溝裡滾。因另有目的，仍有說有笑的捨命陪君子。小妮子倒是技高一籌，臨場經驗也很豐富，姿勢也美。只見她兩手抱著那個黑彈子輕巧的一舉，對正球道一站，接著來一個快三步或快五步，在彎腰曲膝的同時，順勢把球向球道送去。那個大黑球，便在她巧妙的手法下，或成弧形前進，或成S形前進，滴滴溜的三轉兩轉，嘩啦一聲；不一定使瓶子全倒，也躺下半數以上，她臉便浮起一股得意的嬌媚。只見她那身裝扮，一條泛白的藍色牛仔褲，緊緊繃在兩腿上，上身一襲花襯衫，長髮從頭頂披下來，均勻的散在兩肩上，倒帶著一股輕疎的飄逸。她大概也太野，整天在外面風吹日曬；皮膚粗黑，缺乏女人那種細膩。唯有那雙掩在長睫毛下的眸子，閃著一抹藏之彌深，而又匿藏不住的靈氣。

經過老段的介紹，我才知道她姓李。他並又接著說：

「林欣，我們的節目是這樣安排的，在這裡打過保齡球以後，隨便吃一個晚餐，然後去金山露營。明天上午在那兒游泳，下午回台北，你看可以吧？」

「好啊！」我隨口應道。我這個王老五，既已經委託老段夫妻出售，他們怎樣安排，我就怎樣聽從。

「我不能去金山了。」李小姐突然來了這樣一句。

別看只那麼簡單的一句話，卻讓老段這位大導演吃了一驚，緊張的連忙追問。

「不是已經講好了嗎？怎麼又不去了？」

「我剛才想起來了，晚上還有一件要緊的事情。」

「什麼事情那麼重要？」段太太接過話頭。

「跟朋友約好了，晚上去看一個人。」

「打個電話給妳那位朋友商量商量好不好？如果不很重要的話，改天再去也是一樣。」

「只有這樣了。」李小姐一副勉為其難的說。轉身向球館一端的公共電話走去。

「真掃興。」李小姐一走開，老段便對她不滿的牢騷道：「女孩子怎麼那樣容易變，剛剛講好了一定去，轉眼就變卦，弄不清楚她要的什麼把戲。」於是他又向公共電話斜一眼，語氣一迴的說：「你先說說看，老林，對她的印象如何？要是沒意思，她要走，就讓她走了，連晚飯也免了；免得花那個冤枉錢。」

「你這個人怎麼這樣現實？」段太太笑道。

「總不能魚釣不到，倒賠上餌。」

「放心！她會去的。」

「那還講那種話幹什麼？」

「女孩子總得做做樣子呀。她要是決心不去，還打什麼電話。我們又不會綁架她去。」

「對對！經驗之談！經驗之談！」

「你又懂了！」段太太譏嘲的說。

「怎麼會不懂，對我也是經驗之談，當年我也有過這種經驗，被折磨得天昏地暗。我記得有一次講好了去看電影，可是人家一個不去，就硬不去，磨破嘴皮都沒用。我正想知難而退去跳淡水河，還沒轉回身，就又來了：噯喲！看你急的那個樣子，也讓人家考慮考慮嘛！說真的呀！你看我有多少事情要做，要給貓洗臉，要給狗刷牙，小母雞應該洗頭了，還要帶大公雞去訂做西裝，還要拿根竹竿豎在院子裡，別讓天塌下來，把房子壓垮了。還有……還有……起碼有一萬個理由，不能去看那場電影。後來還是。好了！好了！不管了！那些事情還是明天再說吧，先陪你去看電影吧。」

「你別胡謅八扯了，我多會講過那種話？」

「我不過譬喻你的理由多罷了，你要真講那種話，我還請你看電影，早就嚇得撒腿就跑了。」

「你小聲一點吧！回來了。」

二

李小姐跟她朋友打過電話後，決定把她們的約定延後，我們的行程便照原來的計畫進行。又打了幾局保齡球，才去吃晚飯。那樣一拖延，到達金山的時光，已是晚間八點多鐘。在青年活動中心喝了兩瓶冷飲後，向管理人員租了一頂帳篷和必要的露營器具，便搬到一片樹林中架設。那位李小姐不知是心裡有鬼，還是一位天生冷面羅剎，始終都躲著我，不跟我直接搭訕；就是我找她講話，她也愛理不理的。在我們搭帳篷的時候，她竟突然隨和起來，主動前來幫忙搬東西，在忙碌中，變得有說有笑。

帳篷架好後，大家便坐在一旁聊天，四人的排列組合是：老段、李小姐、段太太、我。這種組合的形成，好像也是李小姐故意躲我的緣故。因而我們的談話，也就變成老段跟李小姐，我跟段太太。有時也交岔著聊幾句，沒有多久又變回原來的形勢。

可是過了一會，段太太起身跟我換位子，就跟她先生膩到一起卿卿我我去了。李小姐雖然不願跟我比鄰，也得勉為其難。只是她看看我，又無言的把頭轉開，用兩手放在背後的地上，支撐著向後仰的身體。我禁不住想，她那個什麼姿勢，是讓我看她的臉蛋有多醜？還是讓我欣賞她的胸部有多大？倒是掩在長睫毛下那雙有靈氣的眼睛，像在思索什麼般，望著天空不停的眨動。

老段在遠處向我使眼色，要我跟她講話。但她那種目空一切的模樣，已把我談話的興致殺得光光的。我倆那個小圈圈，一時便沉寂的什麼似的。

四周的人很多，多數是前來露營的。因而所有的林地或沙灘，到處都可看到一頂頂的帳篷。他們有的在那兒結伴走動，有的在做交誼活動，有的在開營火會；也有人肆無忌憚的唱歌或歡笑。

「看到這些星星的閃亮，我突然有一個感想。」李小姐把目光從天空收回來，落到我身上。

「什麼感想？」我急忙把話接上去。不論她提的這個問題，是否值得討論。只要能有一個話題能解除彼此默默的困窘，就是一個開始，比尷尬相對好得多。

「我看到天空星星這般不停的閃耀，就覺得人生確應及時行樂。試想星星生存的年代，有幾億幾十億年，光輝又這般燦爛，最後還免不了在宇宙中消失。一個人的生命不過幾十年，要不能把握住這短短時光，及時行樂；讓它白白的過去了，多麼遺憾。」

「你為什麼這樣想呢？吟柳。」段太太轉過臉來插口說：「難道你還不快樂嗎？我覺得你是我認識的女孩子中最快樂的，又會玩，也喜歡玩。」

「是有很多朋友說我的生活，最自由自在。可是那不見得就是快樂；只是他們從表面上做的結論。」

「你說你不快樂嗎？」

「我沒那樣說呀。」

「別鑽牛角尖了，吟柳。告訴你一句話，把人生看簡單點，就會快樂；越弄得複雜，煩惱就越多。」

「所以我就要趁年輕的時候，儘量玩，玩個痛快。也許會使我的生命，覺得比較長。」

「我想這是一個科學上的問題。」老段是學物理的，三句話不離本行：「因為每個物體因子不同，對時間長度的感受，就有極大差距。一顆星星存活的時間，在我們人類的感覺上，是相當長了。那是人類計量時間的長度，是用秒、分、時、日、月、年。廣大星雲計算時間的長度，用什麼做單位？我們卻不知道，也許它一眨眼的光景，就是一個世紀。再拿一個昆蟲來說吧，牠們生存的時間，可能只有幾天，或幾個小時；對我們人類來說，相對就非常短了。然而牠們就在這麼短的時間內，竟完成了傳宗接代，或其他許多人類無法了解的大事。那麼對牠們來說，生存時間是不是已經夠長？並且經過生、老、病、死、成家、立業那幾個重要關頭的。你能說他們的生命就不豐富嗎？」

「好吧！別聊這些事了。我們也想個方式樂一下吧。」段太太把話轉開：「買點柴火來開一個營火會。」

「我贊成！」李小姐馬上說。

「我去買柴火。」我站起來用行動表示同意。

「我幫你去搬。」李小姐也一躍而起。

單獨跟那小妮子走在一起，我就不能再像一個呆瓜似的，緊閉著嘴巴。那麼有話無話，都得胡亂湊合出幾句，應應景兒。營地上人很多，在小徑上穿梭來往，有人在溜冰場上馳騁，幾個小伙子在籃球場上鬪牛，林間飄著收音機的響聲。那個恐龍般的大怪物、高昂著頭，伸長脖子，以一種睥睨一切的姿態，傲視著下面的海洋。

我就以眼前的景象做話題說道：

「沒想到今天會有這麼多人來玩。」

「這裡的夏天，幾乎天天晚上人都很多。」

「你也經常來玩？」

「隔個三五個禮拜，總會來一次。但也得有伴，叫我一個人單獨往這裡跑，我也懶得動。」

「都是來游泳？聽說你游泳的技術很好。」

「也不一定，主要還是來玩。你知道我是一個享樂主義者，到了假期，一定要往外跑。要是只為了游泳，那就簡單多了；台北市的游泳池多的是，到處可游。只是你說我的游泳技術好，別信段先生兩口子的話了；我不過喜歡泡泡水罷了，你沒看見我的皮膚黑成什麼樣子？」

「黑裡俏皮的女孩子更可愛。」

「我倒想黑得使人害怕。」

「為什麼呢？」我奇怪的看她一眼。

「我要是能曬得像黑炭一般，不就很醜了，就不會有人死皮賴臉的纏我，不就很安全了？」

「那可能弄巧反拙，當你越黑越俏的時候，追你的人可能越來越多。不過在我眼裡，如果你是一個男孩子，我會說你是一個怪物；但是一個女孩子，我覺得你更加灑脫的可愛。」

我故意的笑道，當然也帶著拍馬屁的殷勤。

她也跟著揚起一串笑聲。

三

我們買柴火時，也同時買了幾個火媒。可是要把營火點燃，還要有一點技術。李小姐見我們笨手笨腳，又自動把那件事情攬了過去。只見她先弄了一些小木片，架成一個中空小堆堆，點起火媒子放到它下面，一股小小的火苗便在火媒的引燃下，嬝嬝升起來；大家便忙著往火上加柴火。哪知一塊大柴火壓下去，火苗就快熄滅了，冒起鼓突鼓突的黑煙來。她便兩膝朝地上猛一跪，翹著屁股，鼓著兩個腮幫子向火堆吹個不停。沒有多久，火焰就又升起來。

在我們去買柴火時，順便帶回來四瓶可樂，現在分給每人一瓶。只見李小姐一面喝著，一面大口大口向營火上噴個不停，火堆便爆得絲絲響。

「吟柳！你怎麼老出新花樣？」老段望著她笑道。

「好玩嘛！」她做個鬼臉。

「你要再這樣玩世不恭，小心把男孩子都嚇跑了。」

「我本來就不要男孩子來煩我，他們偏要跑來惹人討厭，我有什麼法子。」她把手無可奈何的一推：「我剛才還跟林先生講，我要把皮膚曬得跟黑炭一樣，把所有的男孩子嚇跑，他還講我灑脫呢。」

「你說這話，該入拔舌地獄。」

「我要怎麼說才對呢？」

「在那兒安安靜靜坐著，像一個淑女的樣子。」

「好的！」她兩手一抱膝蓋，嘴也閉緊了。

一時大家都靜下來，火焰從柴火堆底下熊熊冒上來，被海風吹得顫巍巍的晃動。在離我們那堆營火不遠處，也生著一堆營火，由於他們的人多，繞著火堆圍成一個大圓圈，好像玩得十分開心。

有一陣歌聲從海邊飄過來，是一個女孩子唱的，調子很柔和。在那般夢似的仲夏夜裡，挑得人心波蕩漾。突然從另一個方向，響起陣陣的吉他，伴著聲聲高昂的男性磁音，像是一曲訴說流浪的歌聲。

我見李小姐臉上，驟然泛起一股憂悒。

可是她一伸手，便把那層憂悒抹掉。

這時她那被火光映紅的臉蛋，顯出一種線條柔細的輪廓，使我發覺她的皮膚，一點都不黑了。長髮順著兩鬢垂下來，自然得展現出一種飄逸的美。

我對她那種美，感到非常神往，忘情的看得發呆。她發覺我在看她時，便在嘴角浮起一個微笑。我一時卻分不出，那究竟是厭憎、嘲弄，還是鼓舞的笑容。

「你怎麼不講話了？吟柳。」老段笑著問她。

「你不是不讓我講嗎？」

「你不講就算了。這樣吧，我們也唱個歌吧，你先起個頭，我們跟著你唱。」

「唱什麼呢？沒什麼好唱的。」

「隨便唱一個就好了。我們四個人這樣孤孤單單的坐著，你不覺得怪無聊的？」

「你說一個吧，看大家會不會唱。」

「你乾脆來個自編自唱算了。」

「你拿我取笑什麼，我什麼時候自編自唱過？」

「誰不曉得你出口成章。」

「我們就這樣聊天不好嗎？」

「沒什麼好聊的，聊也是一些俗套，你一不講話，大家就跟著不講話；總不能老這樣瞪著眼發呆呀。你是不是因為林欣在這裡，不好意思？你放心好了！只要你不把他當作外人，他就會做你最忠實的觀眾。」

「好吧！我試試能不能謅出幾句。」她說過後。就真的張開嘴巴，試著自編自唱。

我們便不管三七二十一，先鼓起掌來。

她被我們鼓舞的站起來唱——

我們坐在這海邊上，
營火照亮了我們的臉。
遠方漁火點點，
海潮輕聲拍岸。
我們攜手同行，
我們結伴尋歡。
愛也要勇敢的愛，
笑也要大聲的笑。
把握今天，
莫負良宵，
人生要及時行樂，

我們坐在這海邊上，
營火照亮了我們的臉。
我們攜手同行，

我們結伴尋歡。
把握今天，
莫負良宵。
人生要及時行樂。

李小姐剛開始唱的時候，只是站在火堆前面，靜立不動。但唱著唱著，就來回走動起來。等唱完最後一句，向我們三人瞥了一眼，突然轉身向背後的一片樹林走去。我在她那一瞥中，看出她的表情是那般憂悒、孤寂、悲戚；難道她唱的，是她的心聲？把她潛在的心態在唱的時候，不知不覺流露出來？

老段用手肘碰碰我，向樹林呶呶嘴說：

「去陪陪她呀。」

我站起來向樹林走去，老段用目光送著我，裡面充滿鼓舞。樹林不很密，疏落的散布在細軟的沙灘上。當我走出營火照射的光圈後，便見她站在不遠的地方，同時也聽到，她猶自在哼——

我們攜手同行，

我們結伴尋歡。
把握今天，
莫負良宵。
人生要及時行樂。

我在她身後站住，不想去驚動她。

可是她不唱了，只靜靜站在那兒，一動不動。而營地那邊的生動活潑，與歡笑叫鬧的氣氛；也因距離拉遠，變成一片隱約。突然一陣晚風吹過，搖動著樹林枝枒，在它們輕觸中，發出聲聲低沉的音響。李小姐用手攀在一條樹枝上，斜仰著臉，長髮自然的撒了一下。使她那張罩在柔細線條中的臉龐，映出一股聖潔。

「李小姐。」我走近她身邊說。

「是你？你什麼時候來的？」她聞言很快的把身子轉回來，透著滿臉驚訝。

「我來很久了。」

「我怎麼都不曉得？」

「因為我見你那樣靜，不敢驚動你。」

「我是在這裡看海。」

「夜很美吧?」

「嗯!」

「想不想再往前走走?」

「讓我想一下在回答你。」

「我剛才聽你唱的『我們攜手同行,我們結伴尋歡』那兩句歌詞,給我的感觸很深。使我一直在想,誰願跟我攜手同行?誰願跟我結伴尋歡?又怎樣去『把握今天,莫負良宵』,難道現在能把握的,只是眼前這份寂寞嗎?」

「走吧!」她低聲說:「我們到下面看看去,那裡離海更近,可以看得更清楚。」

四

遠處的海面上浮著一個紅紅的小點子,老段說他可以跟我打一百個賭,那就是李吟柳,她是他認識會游泳的女孩子中,游得最好的人。不像許多女孩子,到海上游泳,只不過站在水淺的地方做做樣子,展示一下所著的泳裝與優美的身段,就算游過了。而我跟老段所以沒跟那兩位女士同時前往浴場,是我倆在早餐後,還要整理露營器具還給人家;段太太便跟李吟柳先走了。

這天確是一個難得的玩水好天氣,藍藍的天,藍藍的海,交匯成一個藍色的廣闊世界。

只是時間還早，浴場上人也不多，大部分的人都泡在岸邊那段淺水地段嬉水。段太太雖也在玩水，卻只穿了一件藍色泳裝，坐在潮水可以衝到的沙灘上，讓浪花在身上淘來淘去。

我走到她身邊時，她便一指海上的紅點子說：

「快去追吧，人家在等你呢。」

「我看是白費精神。」我四大皆空的張張手。

「怎麼會呢？你們不是談的很好嗎？回來那麼晚。」

「那有什麼用，我們是在海邊坐一會，又去吃冰。回來仍不想睡，就又到下面乘涼，聊著聊著，不知不覺就那麼晚了。可是談的，都是一些毫不相干的事情。」

「你認為是白費精神，我卻認為收穫豐富哩。」老段一本正經笑道：「如果像你說的，談的都是一些毫不相干的事情。難道人家發瘋了？無緣無故陪著一個大男人聊到夜裡一兩點。照我說，情況還不錯；可是你也不能要人家，才第一次見面，就哭哭啼啼非你不嫁呀。」

我懶得跟老段囉嗦，撲身下水，躍過一波波迎面而來的海浪，揮動著兩臂向遠處的紅影子游去。現在海水被太陽照得像藍寶石一般美，空氣變成透明的液體般，流動出一種波動的光彩。當我游近那個紅影子的時候，她隨著湧過身邊的海浪，探起身子跟我打招呼。

「段先生夫婦呢？」

「他們在那邊，不肯游這麼遠。」

「今天的海浪不大，很好游，你是不是還要往前面游？」她一面說著，一面划著水等我。

「我是來陪你的，你怎麼游，我就怎樣陪你。」

「我倒想回去了，我不敢游的太遠。」

「我也只有回去了。」我笑道。

「你這個人怎麼回事？你要怎樣游就怎樣游，幹嘛要跟在人家後頭。」她突然杏眼一睜，發起嬌嗔來。

我沒想到她說翻臉就翻臉，一時傻在那裡。

可是她再斜我一眼，見我被她那句話轟得像一個焦雷擊頂的孩子般；似大為不忍。就又嫣然一笑道：

「我還以為蠻英雄的呢？好了！我不回去了。我們也不要拚命的游了，只浮在水面自由自在的漂好了。」

我對她這個意見，自然慌不迭的答應，兩人便同時把自由式改成沒招沒式的仰泳，輕快的踢打著水，隨著陣陣的海浪，向岸邊慢慢漂去。只見天是藍的，山是綠的，水是清的，波濤一個個從外海湧過來，一下子把身體托高，一下子又落下去。而我身畔那個紅影子的線條，在浪花飛濺中，越發顯得苗條優美。

驟然昨夜的歌聲，又從她口中哼了出來——

我們攜手同行，
我們結伴尋歡。

我也毫不考慮的和了上去——

把握今天，
莫負良宵，
人生要及時行樂……

她轉臉向我看了一眼，嫵媚的笑了。

我的心在那一笑中，像驀地落實了。

五

當我跟李吟柳再去金山的時候，已經是三個月以後的事。只是那年夏天的尾巴，好像拖得好長，所以時令雖到了九月下旬，它那條尾巴，依然像火燒了似的。

不過在那以前，我們在台北幾乎每天見面；除了第一次約她出來吃晚飯時，故意做作了幾分鐘；後來除了她實在無法出來，都是一句話就好。並且這位一向大手大腳慣了的小妮子，也開始節省起來。看電影，一定是東南亞，說是片子好，又便宜；吃飯，一定是客飯，經濟實惠；泡咖啡廳，一定在午餐或晚餐時分前往，飯後有附送的飲料可喝，不必另花錢做冤大頭。

有一天我們在中山北路一家西餐廳內閒坐，我講好久沒游泳了，周末到海邊游泳去。

「不想動了。」她笑著搖下頭。

「你的皮膚已經不黑了，如果不趕緊到海邊去曬黑一點，煩惱接著就來了。」

「我已經改變主意了。」

「怎麼個改變法？」

「不想再曬個跟煤球似的。」

「那就去溜冰？」

「也不想去。」
「打保齡球呢？」
「我現在連想都不想它。」
「是不是怕花錢？沒關係，我請客。」
「你也該省省了，別那樣賺一個花兩個。」
「你為什麼現在會這樣省？」
「你最好多花點腦筋想想。所以我現在哪裡都不想去，只想靜靜的，你看這支小蠟燭，多美。」

六

這次的來金山，卻是李吟柳提議的。是我上次的提議，被她否決之後；就以為她真的靜到那種程度，對遊山玩水失去興致。我也只有依照她喜愛的方式，去討她的歡心。沒想到夏天快過去的時候，她突然興致來了。這年頭女孩子神氣的地方，就在這一點，男人的意見她可以隨意否決，她們的意見男人卻必須恭敬從命。

我還是問了一句：

「這個季節你還去游泳啊？」

「你這個人也真是的，腦袋像木頭一樣。」她嬌媚的看看我說：「不游泳，就不可以去玩了？還記得我們去玩的那天晚上，情調多美，我一輩子都忘不了似的。你不想再去重溫一下那種美好的情調嗎？」

她這樣一說，我就毫無話講。只是那時節的金山，已不似盛夏季節那般人聲喧鬧。海上雖仍有人玩水，露營區也有頂頂帳篷。只是那種歡騰式的娛樂，絲毫都引不起我們的興趣。而覺得安靜的在林間散散步，或面對著大海坐一下，比什麼都好。當我們穿過那段鬆軟沙灘，置身稀疏的樹林時，夜便靜得像一個夢。

驟然歌聲又起了。

我們攜手同行，
我們結伴尋歡。

我馬上也和著唱起來，只是跟上次不同的，她沒有走開，也沒有給我白眼；而是手拉著手，肩併著肩。

當歌聲停止時，她抬頭看看我，然後帶著無限嬌媚把臉俯到我的肩上，一切盡在不言中。

十年過去了。十年的攜手同行，十年的結伴尋歡，現在回想起來，好像只是眨眼間的時光。雖然我們的感情，並沒有三年之癢，也沒因時間太久驟然褪色。且曾儘量找機會到郊外走動，甚至到奧地利旅行。可是最使我們不能忘懷的地方，就是金山。在我們結婚頭幾年，每年都會前去一兩次，為什麼？還用說嗎？只是最近幾年孩子太膩人，上、下班式的工作太刻板。弄得人疲疲的；到了假期就想休息。以致很少出門。甚至連那個有著我們感情溫馨的所在，幾乎都忘了。

現在經吟柳一提，我猛然一醒。是的！要去！一定要去！我們不能讓愛情因時光流逝，而跟著淡下來。我們一定會在那種溫馨的情境，讓愛情平添一份更光艷的色彩。

吟柳見我同意她的意見，馬上興奮起來，眼裡也閃出光彩。歌聲更不自覺的從她口裡飄出來。

我們攜手同行，
我們結伴尋歡……

金耳環

一

那年冬天冷得特別早，剛進陰曆十月，就已經大雪封野了。在戰亂的年代，莊戶人家都被鬧得安不下心，也就不像過去那樣兢兢業業的忙碌生計，既然地凍得梆梆硬，鋤頭刨在上面震得直跳，也就趁閒坐在熱烘烘的炕頭上摸摸紙牌，話話家常，日子倒也十分安逸。

雪從天空像扯碎了的棉絮般落下來，從雁翅山上捲下來的狂風，一路沒遮攔的捲過山下那塊平廣的地面，把漫天漫地的大雪，捲得打著旋兒飛舞。烏黑的雲層像緊緊壓在頭頂，路面全都埋在雪裡，四周的山巒在淒濛迷茫的風雪中，已經分不清山的輪廓。那種挾著風聲的雪片，像陣陣驚滔駭浪一般，一下子捲得高高的，一下子傾斜著掠過地面，填平了溝壑，填平崎嶇的道路，也打擊著旅人身上的單薄衣衫，世界變成一片茫茫。

下雪天，天黑得也好像早了許多，因此一放學，大家便奔跑著回家。可是我回家那段路，一路都是頂頭風，因為早晨上學時，是一個陽光普照的好天氣，我沒料到天變得會這樣快，所以衣服穿得少，也沒有打圍巾，現在被風捲得又冷又急的雪，直往脖領子鑽。

穿過石園村的南大街，我走到村西頭，再轉過一條巷子就到了我們大門口。說到石園村，是在百溪河谷的河口上，是山東東部兩條山脈構成的小盆地，山脈蜿蜒著，把河谷擁成窄窄的一條，像兩條粗壯的長臂，把河谷緊緊抱在懷裡，使土地充分承受著山脈所給予的恩澤。無數小溪從山澗裡流出來，匯成一條寬廣的河流，那就是百溪河。這條河由於河身太短，水流總是不正常，在乾旱的春季，雨貴似油，山澗裡的水一天一天減少，河水便很快的落了下去，只剩下一道涓涓細流，灰暗的河床便白村村的露出來。但是到了夏天，雨水不斷的落著，山澗裡的水一齊集中到河裡，水流便高漲起來，挾著泥沙，激湍的向下奔騰，有時會溢出河床，給兩岸造成極大的傷害。但百溪河總是條可愛的河流，除了落雨那一陣子，終年都是清澈的，嘉惠著兩岸居民的生活。一條公路從河谷外面伸進來，穿過河谷向西伸展，成為那一帶的交通要道。

百溪河谷也是富庶的，肥沃的土地都集中在百溪河的兩岸，那些日積月累從山上沖刷下來的深厚土層，把河谷填得平平的，不論什麼莊稼都有好的收成。河谷兩邊的山上，長滿密密疊疊的樹林，多數是松樹，沿著河岸全是一些楊柳，高大的樹身伸到半天空，根子則扎在河堤裡面，空曠處則是梧桐、槐樹、榆樹，以及老是嘩啦嘩啦惹人討厭的白楊，婆娑的枝葉濃密得太陽都曬不到，是夏天乘涼的好地方，點綴成一片樸素的風光。在冬季，西北風給河谷帶來厚厚的雪，均勻的撒在地上，河水結了冰，莊稼全部收成，此時的河谷會特別得安靜，晴朗的天空，皚皚的白雪，灰色而挺直的山峯，世界純潔得像一塵不染。融雪從屋簷上滴下來，打著石階，聲音輕得不可辨聞，那是宇宙的鐘錶，時間便在它滴瀝滴瀝聲中，一步一步走過去。到了春天，東南風從相反的方向吹入河谷，把河谷吹成一片油綠，大地解凍，河水活潑的流著，野花開放，樹木換上了新裝，柳絮飄香，梨花似雪，桃李是一身胭脂。農人們經過一冬的休閒，又開始耕作，這時候的百溪河又是一番熱鬧景象。雲雀在天空唱嗚，麥浪一陣一陣的湧著，顯示出一種富足而豐收的徵兆。

所以生長在這片土地上的人，也熱愛著這片肥沃而質樸的土地，像寶貝一般世世代代廝守著，捨不得吃，捨不得穿，過著樸素安靜的日子，雖然終年的辛勞不過是一個溫飽，但他們滿足那種生活，別無奢求。

二

當我拐進巷口，向大門走的時候，突然身後傳來一陣轆轆的車輪滾動聲。天氣實在太冷了，風雪把我露在外面的兩個耳朵，掃得有股火辣辣的痛。

我踏上大門前的台階正要進門時，有人喊我了：

「屏遠！屏遠！」

我回頭看看，見一輛騾車正朝著我家緩緩駛來，坐在前面那個趕車的人，是我一個名叫魯大發的遠房叔叔，他早年曾闖蕩江湖，後來又當了兵，在張宗昌手下吃糧，等北伐軍來了，才退伍還鄉。由於在外面混得太久，田地上的活計就變得生疏，便買了一輛騾車和兩匹騾子，在這條公路上東奔西跑做趕腳的生意，整天的吆吆喝喝，沒有閒著的時候。所以在這條路上跑生意的人，提到魯大發這個名字，沒有不知道的。因為他作戰時傷了一條腿，走路瘸瘸的，有時我也叫他瘸子叔叔。

「哦！是大叔回來了。」

「快回家告訴你爹，魯南。說我帶來三個客人。」

「誰？」這時我才注意到，車後面還有三個人，卻一個都不認識，那個畏畏縮縮的樣子，像被風雪凍僵了。

「你不認識的。」瘸子叔叔對我揮揮手：「趕緊回去告訴一聲，我把他們帶到長工房裡。」

我撒腿就往家裡跑去，進了堂屋時，見晚飯已經擺在餐桌上，母親因為天氣冷，便用肉片、白菜、豆腐、粉絲調和一起煮個大鍋菜，熱騰騰的，好使人吃了暖和。我見了父親，便沒頭沒腦的對父親說：

「爹，我們家裡來客了。」

父親還沒有說話，母親卻一怔，趕緊追問道：

「這個天氣誰會跑來？」

「我也不認識，是瘸子叔叔帶來的。」

「我說這般天氣不會有客人來嘛。」母親望望父親說：「這個瘸子兄弟也真是愛管閒事，不管什麼樣的人，就知道往我們家裡帶。」

「我說也是，我們家又不是開店。」坐在靠炕沿的地方，是我家的兩個女傭，說話的那個叫做項嫂，有三十五、六歲的年紀。她二十二歲就死了男人，連個孩子都沒有，婆家把她當作掃帚星，娘家的家境又不好，容不得她，因此來魯家幫傭，一幌眼十幾年就過去了，沒有離開過，只偶爾回娘家看看，跟婆家就算斷絕往來。於是把魯家看成她自己的家，事事都護著。

父親這才開口說話：

「不要說啦，我吃過飯去看看。」

我正要轉身到長工房去告訴瘸子叔叔時，項嫂卻一把抓住我：「你還到哪裡去，還不趕緊吃飯。」

我從學校回來迎著風雪走了那麼遠路，身上也冷，肚子裡也餓，便爬上炕貼近火爐坐下，拿起一個玉米粉摻麵粉的饃饃，掐了一大碗大鍋菜，便低頭吃起來。父親一面吃著飯，跟母親猜測客人的身分，因為遠處有戰事，中央軍和八路軍打得難分難解，像拉鋸的一樣，你推過去，我拉過來，可苦了那一方的生靈。

大家正嘆息著當兒，就有人推開門進來，我抬頭看看，原來是瘸子叔叔，他見我在吃飯，便歪著那條瘸腿拐到炕沿跟前，吹鬍子瞪眼的問我：

「你怎麼吃起飯來了？屏遠，叫你回家告訴你爹的事，你說過了沒有？」

「你又給我帶來什麼麻煩？大發。」父親放下筷子：「年頭太亂了，我以後不管這種事了。」

「不是我給你添麻煩，老哥哥，是他們太可憐。」

「是什麼樣的人？」

「一個先生帶著一個花布溜丟的小女人，還有一個小女孩，都在長工房裡，快去看看吧。」

「你見到小娘們就拿不動腿了。」

「我的老哥哥，守著老嫂子怎麼也說這種話，叫我把臉放到哪裡去？」瘸子叔叔說著，又對母親打個哈哈：「是不是？老嫂子，你瘸子兄弟是那種人嗎？」

「你吃過飯沒有？大兄弟。」母親也笑了。

「就要到這裡喝兩杯呢。」

「你先別忙著要酒喝，我們去看看你帶來的客人。」

「那我就不管啦，你要看自己去看吧，人家還沒有吃飯呢，也沒有地方住。」

「他們為什麼不住店？」

「噯喲！我的老哥哥，虧你是個大善人，還說這種話。人家要是有錢住店，我還會把他們帶到這裡來。不過我瘸子做了一輩子缺德事，今天也算積了點陰德，沒要他們趕腳的錢。」

「照你說，我真得去看看啦，不是你看上人家吧？」父親笑了笑說。

「那可天地良心啦，你別把你瘸子兄弟說得一文都不值，人家是有夫有妻的，我就是沒有討過老婆，也不會有那種傷天害理的念頭。」瘸子叔叔把眼睛溜到項嫂身上，項嫂卻把臉轉到一邊。

父親被瘸子叔叔說得笑起來，面下著炕道：

「你好，你是一個好人。」

瘸子叔叔也跟著打了個哈哈。

三

父親到長工房去看來的客人，母親也給瘸子叔叔打酒去了，我剛要下炕到長工房看個究竟，瘸子叔叔卻伸手把我拉住，從懷裡掏出個小紙包塞給我說：

「好姪子，回頭替我給項嫂。」

「這是什麼東西？」

「一付金耳環。小孩子不要問，也不要告訴別人。」瘸子叔叔又拍拍我：「等我喝了酒，給你好好講個故事，再到城裡給你帶一個好口琴回來。」

我答應著把紙包塞到口袋裡，母親也打來酒，並在爐子上燙熱，另外又切了一盤凍豬蹄，瘸子叔叔便自斟自酌喝起來。我雖然知道他有一肚子講不完的故事，見他喝上酒，便涼了半截子，他這樣一面喝著酒一面跟母親磨牙，不知道幾時才能完結，還是到長工房裡看看才是正理。院子裡的雪已經很厚了，從屋頂到地面一片雪白，把黑夜映得發光，腳步踏在積雪上，響著格格吱吱的聲音。

我在長工房裡見到那個高個子先生站在那裡跟父親談話，另在門邊一張長木櫈上，坐著那位穿藍布棉襖的女人，她前面是一個小女孩，神態怯怯的站在那裡。

聽父親跟那位先生談話的內容，知道他們是逃難出來的，引不起我的興趣。這時從門口撲進來的陣陣寒風，吹得身上有點冷。長工們睡覺那個土炕的灶口，生著一堆熊熊的火，便走過去烤火。那知道小女孩見到時，也同時走過來，把一雙凍得發紫的小手畏畏縮縮伸到火堆上空，我抬頭看她，年齡好像沒有我大。

年輕的孩子都喜歡吃零食，我自然也不例外，可是在我們那種淳樸的鄉間，也沒有什麼好吃的東西可買，但家裡有自己種的花生，我口袋便經常裝滿炒花生。可是當小女孩抬頭看著我時，使我有點手足無措，於是想到口袋裡的炒花生，抓了一把遞過去說：

「喏！這個給妳吃。」

「不要！」小女孩搖搖頭。

「好吃啊！好香。」

「我不吃。」小女孩繼續搖著頭。

「你為什麼不吃呢？你不喜歡吃？我最喜歡吃炒花生了。」一番好意遭受冷落，我覺得怪沒趣，撥開一個花生送到嘴裡：「吃嘛，我口袋裡好多。」

小女孩抿抿嘴角，眨動著眼睛望著灶口的火，花生皮丟在火堆上，立刻燃成一個小火團。小女孩那個圓圓的小臉蛋，被火光映得紅撲撲的，我又問她：

「你們吃飯了沒？」

「沒有。」

「你們怎麼不吃飯？你不餓呀？」

小女孩遲疑一下，又搖搖頭。

「奇怪？你怎麼會不餓？要是我現在還不吃飯，早就餓的肚子叫了。」但我想到他們是逃難出來的，便恍然大悟：「我知道你們為什麼還沒吃飯啦，沒有地方吃是不是？到我們家去吃嘛。」我火都不烤了，拉著她便往外走。

可是她一扭身便掙脫我的手，回到她母親身旁。

「不要客氣嘛。」我跟過去說：「到我家去吃嘛。」

「你說什麼？少爺。」她母親問我。

「我要她到我家裡吃飯。」她仰臉望著她母親，顯然在徵詢她母親的意見。

「怎麼不去呢？你不是早就餓了。」她母親對她說。

「你跟爸爸呢？」

「我們等一回。」

「那我也不要吃。」

「去吧！看這位少爺對你多好。」

適巧這個時候父親也吩咐我，要我回家告訴母親準備三個客人的飯，她才肯跟我一道去。可是當我倆走進堂屋裡，瘸子叔叔還在炕上喝酒，一手拿著杯子，一面同母親天南地北說些家長里短的話，他見我倆走進時，便指指小女孩對母親咧嘴笑道：

「看到了吧？老嫂子，我說的不錯吧？長得白白淨淨的，大了準出息個好俊的大姑娘。」

母親也趕著把小女孩拉過去，讓她坐在炕頭上，一面吩咐傭人準備飯菜。瘸子叔叔仰著頭乾了口酒，見項嫂來向母親問話時，偷偷向我擠擠眼。

可是我把那付耳環拿給項嫂時，她怎麼都不肯收，還嚇唬著說要告訴母親。

四

那天晚上這三個陌生的客人便住在我們家裡，到了第二天，我才知道他們姓林，那位先生名字叫林業海，女的是他的太太，小女孩名叫林琪。我不知道父親在昨晚跟林業海先生達成什麼協議，要把妻女暫時留在我們家裡，他仍繼續東行，到青島去謀差事。

林業海先生一清早便動身啟程，我見父親塞給他一大捲鈔票，並要長工打掃房屋，把林家母女安置在外書房的廂屋裡。但使我極端不開心的，論起年齡來，林琪竟比我大一歲，要喊她做姐姐。其實我頭一天晚上見到林琪就想親近的原因，固然由於年齡相若，自然而然產生一種友愛的情愫，同時也受到一種潛意識的影響，原因我在姊妹行列裡，是個老么，於是大家對我的稱呼，都要加上個「小」字，連那些姪子和外甥，也都喊我「小叔叔」、「小舅舅」，使我在感覺上老比別人低一等，永遠長不大似的，因此非常希望有個弟弟或妹妹，讓他們喊一聲哥哥，也可以神氣神氣，當我見到林琪那個矮矮小小的樣子時，以為一定會比她大，沒想到她卻比我大。

同時我的生活也是寂寞的，由於哥哥或姐姐們有的遠赴大後方，有的已經出嫁，在家裡不但沒有玩伴，甚至連談話的對象都找不到，圍繞在我四周的，只是深沉的庭院與數不清的書本。在不上學的時候，經常是一個人捧著書本，孤獨的坐在內書房的院子裡，曬著太陽，吃著零食。人家既不理我，我也不理別人。

雖然為了不肯叫林琪姐姐，也彆著勁不去看她，私心裡卻對她念念不忘，希望能夠跟她一道玩，因此每天放學後，也不到別處玩了，總是很快就回家，並且在回堂屋之前，先到外書房院子裡打個轉，偷偷向林家的門窗上溜一眼。天氣是越來越冷了，北風整天都在呼號，因此林家的門窗經常都是關著，看不到一個人影。

母親見我放學後便待在家裡，便奇怪的問我，為什麼不去找林琪玩，我告訴說，要我叫林琪姐姐，我就不會去看她，母親罵我孤拐子脾氣。

一天我正在探頭向林家看時，被林太太看到了。

「屏遠，怎麼不到我們家玩？」

「我不要到你們家裡。」

「為什麼？」林太太奇怪的向我看看：「你林琪姐姐在家裡，你來跟她玩吧。」

「不要。」

「怎麼啦？你林琪姐姐得罪你？」

「不是。」我搖搖頭。

「你不喜歡跟她玩嗎？」
「也不是。」
「那到底是為什麼？」
「要我叫她姐姐，我就不和她玩。」
「怎麼……」林太太一時沒有悟出我的意思。
我心裡原本有鬼，也知道林琪的年齡比我大，叫她姐姐是理所當然，一個勁的不承認，就是不講理，所以經林太太一問，撒腿飛奔著跑開。

五

林太太大概從母親處獲悉我的祕密，那天我到外書房院內張望時，她把我喚過去。
「屏遠，你過來我問你。」
「什麼事？林嬸嬸。」我只有走過去。
「你對我說實話，為什麼不肯來跟林琪玩？」
我囁嚅著說不出話來，只覺得臉上發燒。
林太太又接著問道：「是不是為了不肯叫林琪姐姐，就不肯跟她玩了？」
「不是的。」

「還跟我撒謊呢，你以為我不曉得，我問你，你不叫她姐姐，要叫她什麼？」

我傻眼了，沒有回答話。

「說呀？叫她什麼？」

「我要叫她妹妹。」

「你要個妹妹做什麼？」林太太的目光盯在我臉上，見我半天沒有說出話來，便忍不住笑了：「小傻瓜，哥哥不是好做的，既然要想林琪做你的妹妹，為什麼不早對我說呢？去吧，去找她玩去吧。」

於是我高興的奔到林琪的那一間，她正盤著腿安靜的坐在炕上，面前守著一個小火爐，在低頭看書。我的推門聲驚動了她，抬頭看見我時，連睬都不睬，只把身體一扭，把臉兒扭向裡邊。

「你在做什麼？」我靠近炕沿問。

「什麼也沒做。」

「我知道你在看書。」

「知道還問什麼。」

「那你為什麼說，什麼都沒有做？」

「我不要跟你說話。」

「原來你是不高興啊？」

「我才不會不高興哩。」

連續碰了幾個釘子，把我碰得心頭淡淡的，那股興奮早已經飛到俄羅斯國了，站也不是，走也不是。這樣僵持了一回，我便脫掉鞋子爬到炕上，湊到林琪面前去看她，發覺她的小臉氣得鼓鼓的。

「還說沒有不高興，嘴巴噘得好高哇。」

「你管得著。」她又把臉轉開。

「林嬸嬸叫我來跟你玩呢。」

「我也不跟你玩。」

「你原來是生我的氣啊？」

「當然生你的氣。」

「你為什麼要生我的氣？我又沒得罪你。」我伸手去拉拉她，被她一甩甩開了。

我也開始冒火了，便接著大聲說：

「幹嘛生這麼大的氣呢？」

可是林琪突然轉回身，對我氣勢洶洶的說：「我問你句話，我的年齡比你大，你為什麼不肯叫我姐姐，還想要我做你的妹妹，是什麼意思？」

這回是真的傻眼了，任憑我有多大本領，連歪理都找不出一點來，想了半天才說：「那是林嬏嬏剛才說的。」

「我媽媽才不會那樣說哩。」

「不信你去問嘛。」

「那是我媽媽說你小，應該讓你。實際還不是因為我們是出來的，住在你們家裡，就不能得罪你；我才不怕哩，大不了走路，也不受別人的氣。」

「才不是哩，我爹和我媽最高興你們在我家裡住，我不能叫你姐姐，是因為我比你高。」

「年齡大小也不是比高矮的。」

「反正要我叫你姐姐，我就不跟你好。」

「你要叫我妹妹，我也不跟你好。」

兩人又僵住了，可是林琪總站在理的一邊。

這時林琪突然噗哧的笑了：「羞羞羞！」一面用手在我腮幫子上劃著：「比人家少一歲，還要人家叫你哥哥，好意思說出口來。可是媽媽對我說過，你叫我妹妹，我就叫你弟弟；你要叫我姐姐，我就叫你哥哥。」

「哪有這種叫法的。」

「你願意就願意，不願意就拉倒。」

我見林琪說得那麼堅決，好像一步不肯再讓，正要表示同意時，林琪把小手指往外一指說：「說話呀！到底願不願意？來！伸出小拇指頭來拉拉，以後誰也不能反悔。」

和約成立了，我叫林琪是姐姐，她也喊我哥哥，但她又把食指朝我額上狠狠一戳說：

「你真是個孽呀。」

六

瘸子叔叔跟項嫂的事，母親極力為他們撮合，連林太太都認為是合適的一對，可是男方雖熱得像火，女方卻像一盆冷水，使火無法燃燒起來。

我自從跟林琪成立合約後，就天天在一起玩，但兩個年輕的孩子朝夕在一道廝混，日子一久，難免發生一些嫌隙。有一天我們為一句話說嗆了，林琪又舊話重提，說不要看她住在我家裡，就得受我的氣，大不了到外面討飯去。我當時也在氣頭上，說要走就走好了，我絕對不會攔她。誰知她果然認真了，下炕就朝門外走去。

林琪雖然被追回來了，我也挨了母親一頓罵，並且林琪因為穿了很少的衣服往外面跑，凍出病來，母親便要我拿著幾個蘋果前去看她。我走到她的房間時，見她側著身體躺在床上，捧著一本書在燈下看，我走過去說：

「姐姐，你的病好了。」

她把身上蓋的被子拉拉，繼續看書。

「噯喲！還生我的氣呀，媽媽都把我罵了。」

「誰生你的氣。」她突然把書一放：「要是生你的氣，就不會回來了。」

「我媽媽也不會讓你生氣啦。」

「可是你以後還會和我吵架，我還是要走；要是你肯聽我的話，我也會和你更好。」

「我們現在不是又好了。」

「當然比現在更好。」

「那怎麼個好法？」我愣頭愣腦的問。

「不告訴你。」但她想了想又說：「我媽媽已經告訴過我，你媽媽沒有告訴你？」

「我媽媽什麼也沒說。」

「以後她會告訴你的。」

「你先告訴我嘛，我好焦急呀。」

「問的那麼清楚幹什麼，心裡知道就好了。」

「你要告訴我，我就削蘋果給你吃，我削蘋果的手藝好棒啊，可以一刀把皮削到底。我家的蘋果好多呀，放在地窖子裡，我爹說賣也不值錢，還不如留著自己吃；你要是喜歡吃，我天天拿給你吃。」

「你為什麼要天天拿給我吃？」

「因為我倆好啊。」

「你和我怎麼個好法？」

「當然和你剛才說的一樣啦。」

「傻瓜！不懂就算啦，專門學人家的。」

「我不曉得才怪哩，不信我說給你聽，你和我好，就是我要跟你吵架，你就會讓我；我和你好，就是你要跟我吵架，我就會讓你。」

林琪忍不住又笑起來：

「是了！你說的對，羞！好羞！」

於是我高興的跳起來，在炕上差一點翻個跟斗，可是撲的一聲，裝在口袋裡包金耳環那個小紙包掉到炕上了，林琪搶著拾過去問道：

「這是什麼？」

「一付金耳環。」

「你身上帶這個東西做什麼？」她說著把紙包打開，把耳環拿到手裡說：「好漂亮呀。」

「是瘸子叔叔送項嫂的，項嫂不肯收，可是我還給瘸子叔叔，他一定要我給項嫂，可是我也不知道怎樣才能給她，所以放在口袋裡。」

「你為什麼不早說，我教給你。」

「怎樣才能使項嫂收下？」

「現在不告訴你，到時候你聽我的吩咐。」

七

林琪要我去把瘸子叔叔請到小客廳裡，說母親有事要找他，他果然高高興興來了。因為他到我家裡，母親知道他好喝兩杯，有事無事，都會叫他過過酒癮。瘸子叔叔坐定後，我們便要他坐在裡面等。接著林琪又要我去找項嫂，弄了一壺酒，叫她用托盤托著，說小客廳裡有客人，要她把酒送了去。可是等項嫂一跨進小客廳的門，我倆便飛快的在外面把門一帶，反扣了起來。

林琪又要我戳開窗糊紙，把金耳環扔進去說：

「瘸子叔叔，你的耳環在這裡，你自己給項嫂吧。」

「小孩子別胡鬧，快開開門。」瘸子叔叔在裡面裝模作樣的喝呼道：「這成什麼話。」

「魯大叔。」林琪調侃的說：「你不是喜歡喝酒嗎？項嫂給你送酒來了，還不趕緊喝。」

「噯呀！你們真是些孩子。」

「你要不喝，可辜負人家一番好意。」

「喝！喝！一定喝！還要給我拿點酒菜來。」

我答應著，快步跑回家去向母親要菜，母親問我什麼事，我照實告訴了她，母親雖然也說我們胡鬧，可是她仍一面笑著一面給我找了幾個小菜。

我把菜餚用紙包著從窗戶遞過去，便同林琪站在外面偷著看，見項嫂把酒放在桌子上，背著身體不理瘸子叔叔。可是瘸子叔叔倒了杯酒，自己喝了一口，右手端著杯子送到項嫂面前，向她陪笑的說了兩句什麼。項嫂仍不理，把臉又轉到一邊，瘸子叔叔也跟著轉過去，向她一直鞠躬哈腰不停，一面向前湊。但見項嫂把手一伸，朝瘸子叔叔推了一把，瘸子叔叔本來就站不穩，只見他的身體猛一幌，便仰面跌了個四腳朝天，手裡的杯子也掉到地上。

瘸子叔叔把手腳朝空中蹬了蹬，卻沒有立刻站起來，只嘴裡無限惋惜的望著地上的杯子。

「你看，把酒也撒了，多可惜。」

這時項嫂突然向前走了兩步，伸手去拉瘸子叔叔。

「你真是老不正經，也不怕被人家看到。」

「這裡沒有人，誰會看到。」

我跟林琪在窗外哈哈笑起來，但見瘸子叔叔猛然一翻身站起來，走到窗前喝道：

「走開！走開！小孩子不懂規矩，大人在這裡說話，你們在外面看什麼？」

我跟林琪笑著跑開了，過了一會，我們開開小客廳門時，瘸子叔叔跟項嫂便先後走出來，項嫂手裡還端托盤和酒壺，可是她的兩個耳朵上，掛著兩個明晃晃的金耳環，她看到我跟林琪時，滿臉都變得飛紅，頭也低下去。

於是我悄悄貼著林琪的耳邊說：

「我長大了，也給你買付金耳環。」

林琪卻狠狠擰我一把啐道：

「討厭！」

金鎖記

一

聽到房內那陣悉悉索索聲，方直平的腦子便一炸；那隱隱刺耳的音響，就像一隻小鐵錘，在他心頭亂起亂落的敲擊，把心口敲得一陣痛似一陣。太太又在幹什麼？那是她的老毛病，每逢兩口子吵了架或有什麼不愉快，就會把房門一關，在裡面悉悉索索的翻動什麼；並且這情形越演越烈，所以他聽到那聲音，便感到刺刺的。

為了這樁祕密，他曾經想過多少次，始終猜不出她究竟在裡面做什麼。他又十分自信，自己是一個坦坦蕩蕩的君子，總不能在太太處理她的私事時候，趴在門縫偷看哪；何況門關得緊緊的，要看也看不到，而問又問不出個所以然，就更憋的發慌。不過房間裡有些什麼東西，他都很清楚，幾乎沒有一件物品，能在她不愉快的時光給她安慰。唯一令他懷疑的，是床頭櫃上的一個小抽屜，裡面放的什麼，他一直沒見過；那是他們結婚的時候，她帶來的一些物件，用一隻小銅鎖緊緊的鎖著。最初，他也問過她幾次，裡面是些什麼寶貝？那樣隱密？可是她不肯說，他就不好意思追問。夫妻嘛！雖說愛能愛到入骨，坦白能坦白得赤裸裸相對；但隔著一層肚皮，每個人總藏著一些對方看不到的隱私。因而床頭櫃抽屜上那把精緻小銅鎖，就像一顆卡在他喉嚨裡的澀果子，吐不出又吞不下去，只有裝做沒事般的努力忍受著。

客廳裡被一股凝重的空氣壓得沉沉的，他孤獨的坐在沙發上，一支接一支的抽著煙，頃刻便把頭頂罩得煙霧瀰漫。像這種抽煙法，對方直平來說，也是一種浪費；因為他是一個十分節儉的人，在生活方面，一粥一飯，都要謹慎的計算；但也是造成他今天生活無憂無慮，並有好幾幢房子出租的重要環節。現在他卻忘了計算。

天怎麼又下起雨來？淅淅瀝瀝打著屋頂，彷彿在他心頭滴打，就使他更煩。哎！這個天也怪？怎麼老變？上午還是一個光艷燦爛的大晴天，太陽在林木屋宇上，撒成一片溫柔，像把被寒冬凍縮了的心，都曬得舒展。當時他還高興的吐了一口氣，感謝老天，你總算哭夠了。那知這會兒，整個天空又雲合的不見一角藍。

他太太，也像這種忽晴忽陰的天氣，令他摸不透。像他下班回來，她還亮著一臉風和日麗的嬌媚笑容，他便興致勃勃的告訴她：

「你想不到吧？朱嘉屯回來了。」

「他回來了？什麼時候回來的？怎麼沒聽說過？」那消息使她一怔，接著便釘著他追問。

「聽說是昨天下午到的，我還沒跟他聯絡上，我打了兩通電話到他住的那家飯店，都沒找到他。」

「不知他這次回來；是純粹回來玩的？還是有別的事情？」他太太聲音中帶著一股感慨，像在問他，又像在問她自己；但剛聽到消息時溢在臉上那片喜悅，很快便淡下來：「其實他早該回來一趟了，出去那麼久，連個消息都沒有，也不知道他混得怎麼樣？」

「我看這樣好了。」他望著太太計算著道：「我明天再給他打電話，等跟他接上頭，再約個時間，請他到家裡吃個便飯，大家好好聊聊。說不定那小子，現在已經忙昏了頭，找都找不到他。」

「找不到他，就直接到那家飯店去等他；多年的老朋友了，總不會神氣的不肯見我們吧。不過請他吃飯，我看還是在館子裡請比較好，免得在家裡請，忙死人，還吃不出個好吃來。你明天再給他打個電話，他要是不肯來，我再打給他；我不信他會跟我們端架子。」

「好像你跟他的交情，比我還深似的。」他說這話時努力想帶一點笑容，可是沒笑出來。他心頭在盤算，如果到外面請，豈不是太浪費了。便不答應也不否定的避開問題的正面：「你先別決定在家裡還是在外面請，那是技術問題；等把電話打通了，問朱嘉屯，他要在家裡吃，還是在外面，然後再決定。」他覺得這樣轉一個彎，就比較好解決；問朱嘉屯，就等於把這個燙手的山芋推到別人手上；他總不好意思要他到外面請吧。

「那這個電話我也不要打了，你自己打就好了；你們怎麼決定，就怎麼好。」她把臉馬上一板。

「那為什麼？」他見狀也很氣，他覺得她從來都不替他著想，他整天在那兒東省西省，她卻老是大手大腳的浪費：「你們的關係不是不同嗎？」

沒想到他這句話剛剛出口，她的臉便立刻一紅，轉身走進房間，把門砰的一聲關上。

那情景使他一呆，禁不住自問，他講錯話了嗎？不會啊！雖然在那話出口時，他也發覺聲音不對；但他講的時候絕沒有絲毫諷刺的意思，祇不曉得在出口時節，怎會突然變得刺刺的。想到這裡，便煩惱的站起來，要到窗口透透氣。可是猛一抬頭，便看到掛在牆上的一幀放大結婚照片，是五年前他們結婚的一個美麗鏡頭，兩人那種刻骨銘心的愛情，從親暱的神態中完全顯露出來。本來在當時，他們的經濟情況相當拮据；那是他正在買第六幢房子，為錢愁得暈頭轉向；她卻不管他愁到什麼地步，堅持要把這張照片放大，花了好幾百塊錢，裝飾精美的掛在這兒。說是這張照片照得太好，能朝夕對著這個情意綿綿的鏡頭，一定會使兩人的愛情更加深厚。他當時雖不信那個邪，覺得搞這種虛浮的玩意，就是浪費。照他的意思，如今兩人結婚了，就得把戀愛時節那種風花雪月的想法收起來，共同兢兢業業的奮鬥。可是三十幾歲的男人，討了老婆就是寶，何況這小女人又那麼漂亮；所以他對那筆錢雖心痛得像割掉一塊肉，還是沒忍心殺她的興致。

也確實邪門，在他新婚那段期間，每當他面對著照片，望著她美眸中射出來的柔彩，心頭就會感到陣陣甜美的悸動。至今五年過去了，照片依舊掛在原處，鏡頭依舊那般親暱，他怎麼覺得它已經不在那兒似的；看到那種兩情相悅的鏡頭，感情也不再悸動。

尤其在此刻，他覺得她那雙情深似海的美眸，已經失去昔日的光彩。怎麼會呢？他走近仔細一看，才發覺鏡面蒙著一層厚厚的灰塵，把照片的色彩遮住。

難道他們的愛情蒙塵了？

愛情是不能蒙塵啊！

二

悉索的聲音兀自在響，方直平苦笑一下，又不自覺的搖搖頭；這一搖，更把那張胖得有點腫的臉，搖出一股痛苦的曲扭。他們的愛情怎麼會蒙塵呢？不會呀！他們當初相愛的那樣深，婚後他又給她一種衣食無缺的生活。他拾起一塊抹布，想把鏡面上那層灰塵揩乾淨，讓她那雙美眸與微笑，重新把這幢陰霾的屋子照亮。可是當他把手抬到鏡框前時，又懶懶的垂下來。

他覺得揩也沒用，今天揩了，明天還會蒙。

明天再揩呀。

那後天呢？

大後天呢？

以後無數的歲月呢？

揩呀！不斷的揩，看他會不會再蒙。

要那樣的揩法，豈不累死了。他發覺那層灰不僅蒙在鏡面上，好像他的心頭也被它遮掩了。

他突然感到好疲倦，好像對一切都已經無能為力。他這些年來的衰落是為了什麼，他這邊一分一毛都斤斤計較的節儉，她卻在那邊大把大把的浪費。還有剛才，他本來還有很多的話要跟她講，可是她把他孤單的甩在這兒，他就只有嘆氣的份兒。那是朱嘉屯這次回來，據說主要的目的是回來找結婚的對象，因為他出國六七年，學位拿到手，又找到一份待遇優厚的工作，所有的願望全部達成；唯一缺少的，就是一個窩，才不遠千里跑回來配對兒。由於他肩上還扛著一塊洋博士學位的招牌，不管是真金的，還是鍍金的，沾著點洋味就是好的。因而消息一宣揚出去，人家搶著給他介紹女朋友，飯局排得一個接一個，連跟老朋友見面的機會都抽不出來。他所以一定要找到他，請他吃一餐飯，是由於他跟他太太的婚姻使他覺得對朱嘉屯心有所愧，希望藉請他吃飯的機會，找一個女孩子給他們牽牽線。並且人選方面，他已經有了腹案，在他太太服務那家公司裡有一位丁小姐，長得明眸皓齒，清清秀秀，模樣兒十分可人，年齡也合適。如果能給雙方拉成了，對他也是一樁補償。那知他還沒有把那個計畫講出來，便跟太太把話說嗆了，他一時也不願再提。

可是想到她講她打電話，一定會把朱嘉屯請到的神態，便心頭猛然一震，她在床頭櫃那個小抽屜放的那些東西，會不會與朱嘉屯有關係啊？難怪她會那麼有把握的請到他。於是也就難怪，她會在吵過架或不愉快的時候，去翻那些物件，那會使她在甜美回憶中得到安慰。

他感到好悶，便對房間伸了個懶腰說：

「我出去走走了。」

「你到那裡去？」

「祇隨便在附近走走。」

房間內沒再傳出聲音，他便走出去。其實她問他到那裡去，也是多餘的；他所謂出門，不過是在附近打個轉，不會跑很遠；因為跑到遠的地方，坐車要花錢，吃杯水要花錢；他為了減少花費，就把他那個世界，儘量往內縮去，縮到沒有任何娛樂與享受的地步。然後把錢一分一毛攢起來，拿去買房子，買地皮，買黃金；他便在那種不停的聚積中得到安慰與滿足。

雨已經停止，天還沒晴，巷內的路面溼溼的，爛棉絮般的雲彩，又黑又厚的壓在頭頂。他慢慢的走著，雨傘在手裡晃動，傘尖碰到地面上，響著嘀哩嗒啦聲。那是他的老習慣，不論陰晴雨霧，他出門時手上總要帶一把傘。照他的說法，天有不測的風雲，能隨身帶一把傘，就可以有備無患。但在別人眼裡，他那種不論陰晴都帶一把傘的行為，說怪也不怪，說老成持重，也過於杞人憂天了。就由於他對傘的重視，使他從沒掉過一次傘；別看這是小事情，他的錢就是從這些小地方攢起來的。就拿請朱嘉屯吃飯來說吧，他便覺得在家裡請比在外面實惠得多，在外面，一小盤紅燒肉，就得百把塊；在家裡，百把塊就可以燒一大鍋；至於口味，任何菜餚吃到他嘴裡，覺得味道都差不多，認為數量多就是好的。他太太堅持要在外面請，說穿了，還不是怕麻煩；不像上館子，吃完了把嘴一抹就了事。

雨又下起來，淒淒迷迷的雨絲把四野都罩在一片濛濛的灰幕裡。他在巷口站住，望著面前那片茫茫煙雨，到那裡是好呢？他出來的目的，原想看看外面的藍天或青翠可愛的綠野，讓鬱結的心頭開朗一下。現在他想看的全看不到，反而被陰暗的天氣壓得更悶。於是他懊惱的在那兒打轉，兩腳踩到污水裡都不自覺。

一輛計程車風馳電掣般駛過來，在他身邊那窪積水猛一輾，他身上濺濕一大片。

哎！惱人的雨天。

三

也是一個惱人的雨天，方直平站在街邊的走廊下，大口的喘著氣，踩動著兩腳把淋在身上的雨水往下抖。真他娘的活見鬼，那般明朗的大晴天，會突然來這樣一陣瘋狂的大雨，累得他一陣急跑，還是淋得像一隻落湯雞。更令他窩囊的，平時整天帶著傘，一年之中也碰不到幾次這樣大的雨。偏巧昨天傘壞了，還沒來得及買，今天就碰到鬼，老天不是專跟他作對嘛！

走廊下擠滿避雨的人，大家走動著，叫嚷著，抱怨這雨來得怪，祇聽一聲霹靂雷聲，大雨便隨著灑下來。有的人見一時走不了，便走進旁邊的冰果室，坐在裡面等。他望著外面的滂沱大雨皺皺眉，心裡急的不得了，也只有乾瞪眼；又不能走進冰果室，那要花錢的。

「直平！直平！」有人在喊他。

「啊！是你！」他向冰果室內看去，見是朱嘉屯坐在裡面吃冰，旁邊還有一個漂亮的妞兒。

「進來坐啊！」

他指指走廊外面，表示雨停了就要走。

「緊張什麼，雨停還早呢，又不要你請客。」

本來看到朱嘉屯身旁有漂亮的女孩子，他的兩腳便不自主的想往那邊挪；但想到跟女孩子在一起，難免要請客，腳步就怎麼都不敢抬高，才裝模作樣表示雨停了就要走。現在聽說不要他請客，膽子便壯了，馬上跨步走進去並故作風趣的打趣說：

「我在這裡不會做夾心餅乾吧？」

「別講那種無聊的話，吃什麼冰自己叫。」朱嘉屯直爽的說，接著便給他跟那個女孩子介紹，使他知道她叫劉友娟；朱嘉屯跟她過去是鄰居，但多年沒見了，今天在這兒偶然相遇，才請她進來喝杯冷飲。他把那番話講完之後，又奇怪的問：「你怎麼會淋成這樣子？」

「今天沒帶傘。」他對自己那副濕淋淋的尷尬相，感到不好意思，便解嘲的解釋道：

「我說這個天也怪，我帶傘的時候它不下，不帶傘的時候它又要下。」

「那真是新聞了，你出來的時候會不帶傘？莫非你那個『有備無患』的外號要改了。」

「我那把傘破了。」他帶著股惋惜神態一笑。

「難怪！難怪！我說我們的『有備無患』出門會不帶傘，那該列入今年的世界十大新聞了。」

「怎麼叫『有備無患』呢？」劉友娟講話了。

「我們這位方兄的外號叫『有備無患』哪，因為他不論晴天雨天，出門時候都要帶一把傘，所以就叫做『有備無患』。不過他今天被雨淋得這樣慘，那個外號就應改做『無備有患』了。」朱嘉屯調侃的笑著說。

「不論下雨不下雨都帶傘，那多麻煩哪。」劉友娟微笑的望望他，很爽快的說。

「要養成習慣，就不麻煩，劉小姐。」他也看看劉友娟，總算找到直接跟她對話的機會。

「你還想不到哩，友娟。」朱嘉屯又笑著開口了：

「你猜我們『有備無患』老兄這把傘，用了多少年？」

「兩年？」劉友娟試探的問。

「十年！」朱嘉屯用兩個手指一交叉。

「真的？一把傘用十年？你別誇大其詞了。」劉友娟又是一陣驚訝：「我絕不信一把傘能用十年；要叫我，一年當中，起碼丟十幾把傘。」

「我那把傘真的用了有十年啦，劉小姐。我是一個十分謹慎的人，一件東西能謹慎著用，用十年也不算長啊。可是照你說，一年丟十幾把傘；那一年當中花在買傘上的錢，就不是小數字？」他表示十分關心的望著劉友娟，同時臉上漾動著一股得意；那是他已經把他節儉與謹慎的美德，向這位美麗的女孩表達出來；他相信這種可貴的品格，是博取女孩子青睞的最佳法則。

「是啊！整天在買傘，也煩的慌。可是我一點辦法都沒有，下雨時才想到傘，雨一停就忘了。」

「那你就該向我們這位『有備無患』老兄學，整天唸著包袱、雨傘、我；那樣就是丟掉我，也不會丟掉雨傘。」

「你怎麼可以這樣開方先生的玩笑。」劉友娟推了朱嘉屯一下，又笑著向他表示歉意。

「我們是老朋友了，大家互相開開玩笑，誰也不會介意。好了！閒話休述，言歸正傳，現在我把這位方兄好好向你介紹介紹。他還有一個外號哩，叫做『萬事皆備』，下面的話，當然是『祇缺東風』了。東風是什麼？東方甲乙木，自然是春天囉；春天代表什麼？用不著說——溫暖！而世界上什麼動物代表溫暖？現在就心照不宣了。我們再回頭談『萬事皆備』吧，那是表示我們這位方兄，錢有、房子有、地有、股票有，也就是什麼東西都有，並且還是我長期無息貸款銀行呢，祇要有借有還，就再借不難，一伸手，決不會讓我空著手回去。」

聽朱嘉屯那麼一吹噓，他臉上更得意的放光了。憑良心說，他對朱嘉屯，也絕對對得起。儘管他曉得有很多人背後講他見錢眼開，但他絕不承認自己是那種人。只是錢是辛辛苦苦賺來的，不是白撿來的，幹嘛要白白的借給別人用；那麼借錢付利息，就是天公地道的事情；並且還要看借錢的人信用好不好，可不可靠，會不會扯爛污；否則借債容易討債難，豈不白丟了。可是他對朱嘉屯的借貸，不僅有求必應，從來都沒收過他一分錢的利息。照那般說，他跟朱嘉屯的交情是不是跟別人不同？也不見得。固然兩人曾經同過學，那也不算什麼大不了的關係；何況俗語說得好，親兄弟，明算賬，交情歸交情，談到錢，就得各碼歸各碼。使他必須賣朱嘉屯賬的原因，是那小子對女孩子特別有辦法，身上經常掛著三五個女孩子；而他由於一直忙著弄錢，以致始終都在顧影自憐。

要說朱嘉屯的條件就比他好多少，那也是天曉得，可說天沒有天才，錢沒有錢財，講人才也不比他好看到那裡；所有的本領，是狗掀開簾，全仗一張嘴。並且性格花花的，窮大方，有一個錢花兩個；再加上馬上就要放洋；所以女孩子被他雲裡霧裡一吹，就魂都沒有了。照道理他向他周轉，也該收利息；可是那小子口口聲聲要給他介紹女朋友，他才放他一馬，意思是討好他，要他早早辦，別拖得讓他把孫子都耽誤了。無奈那小子一直光講不練，自己身邊的妞兒幾天換一個，卻沒幫他一次忙，把他吊得不上不下，心頭癢癢的。看樣子他要再跟他耍花槍，他也得給他一記殺手鐧，叫他知道方直平不是三歲小孩子，休想幾句話就騙得過去，小心斷了他的財路。

「想不到方先生還是一位大財主。」劉友娟見朱嘉屯講得那般起勁，也在一邊隨聲附和。

「全是省吃儉用攢的，劉小姐。」他得機會就宣傳他那樁引以為傲的美德：「才會積少成多，要是賺一個花兩個，一輩子也別想存下錢。」

「今天請客吧！老方。」朱嘉屯朝他擠擠眼：「我把你的廣告做得那樣好，劉小姐很欣賞呢。」

「好好！我們吃牛肉飯去。」他不得不那樣說。本來他的做法，向來都是不見兔子不撒鷹；現在對面前這位劉小姐，他雖然欣賞她長得美、態度也大方、沒有忸怩作態的小家子氣。可是朱嘉屯沒把話說明白，他幹嘛要花那個冤枉錢，要變成那小子的愛情墊腳石，多窩囊。無奈朱嘉屯已經當著女孩子的面講出來，他總不能落荒而逃啊。

「還是我請吧。」朱嘉屯長笑了一聲，又站起來說：「走吧！我們好好吃一頓。」

四

方直平就曉得朱嘉屯猴兒把戲的，沒安好心眼，那天請客竟然想將他的軍。本來在那天吃飯時，他還以為朱嘉屯真那樣慷慨，飯菜叫了滿滿一桌子，吃得他好開心。原來是他手捏著他五千塊錢的債，到還債時，祇給他四千塊。

「怎麼祇還我四千呢？」他奇怪的問他。

「不是四千是多少？」

「我借給你時是五千哪。」

「我問你？老兄。你是明知，還是故問？還是故意的裝胡塗？」他一本正經的瞪著他。

「什麼明知故問跟裝胡塗，我借給你是五千塊，一點不錯啊！那不是打馬虎眼就打得過的！」他緊張兮兮的追著問。他真怕朱嘉屯會賴賬，本來他借錢給別人，都要別人寫借據；但為了要朱嘉屯給介紹女朋友，便不好意思逼他寫；那麼他真賴起賬來，對他還真沒轍。

「噯…噯…老兄！你是屬什麼的？怎麼老算進不算出啊？那天請劉小姐吃飯花一千塊，不算錢哪？」

「那天是你請客，又不是我請，怎能算在我身上。」

「我請客？我問你世界上有沒有這種道理，替人家介紹女朋友，還得自己掏腰包？喂！

喂！老兄！你別痛苦的樣子，不過一千塊錢罷，你要是真的捨不得，我只有認了，可是你也別再打劉友娟的主意。你想這種事情要被她曉得了，她還會再理你嗎？」

他想了想，還是錢重要，起碼朱嘉屯給了他，他就可以把它抓緊了。至於劉友娟，對他來說，還是一隻飛得老高老遠的鳥兒，捉不捉得住，還不一定。萬一她跟朱嘉屯飛走了，不是人財兩空？他不會那麼傻。

「嗨！有備無患哪，你備得太過火一點吧！」朱嘉屯無可奈何的笑著嘆了一聲：「我看你再備下去，就變成有備有患了，連朋友都沒有一個了。好好！我認了！那一千塊錢明天就還你。不過站在朋友的分上，我還是幫你的忙；但成不成，只有聽天由命了。」

他那顆七上八下的心總算定下來，他知道朱嘉屯那小子的為人，窮歸窮，講出話來倒是叮叮噹噹響，不會搞狗皮倒灶的事情。可是他不信那小子會真心把劉友娟往他身上拉，像那樣花朵一般的女孩了，他要是能夠抓到手，還會讓她跑到別人嘴巴裡。然而不論朱嘉屯有沒有幫他的忙，在他出國半年以後，劉友娟就變成他的管家婆。他對沒花幾個錢就把一個美嬌娃弄到手一面感到高興；另一面卻一直不相信是朱嘉屯真心牽的線。所以也就對朱嘉屯不認為他把劉友娟逮到手，是一種乘虛而入的行為，有失朋友之道。同時他也就更相信金錢力量偉大。拿他跟朱嘉屯兩人對劉友娟的愛情長跑來說吧，朱嘉屯顯然是財力不夠，才敗下陣來。由此可見那些歌頌愛情是無條件或強調愛情重於麵包的人，全是癡人說夢。所謂那個姐兒不愛鈔，有錢能使鬼推磨，是有其道理的。

五

甜蜜的新婚生活，使方直平像掉進糖罐子裡般享受一段幸福時光。無奈罐子裡所裝的糖，不全是他期望的那種白砂糖，祇要有點甜味道他就滿意了；而它裡面有苦苦的咖啡糖，有各式各樣的水果糖。那是劉友娟在婚後，千方百計想把家庭生活安排得多彩多姿些；可是花樣一多，錢就得花多；錢花得多，就像割他的肉，使他心痛得覺都睡不著。因而覺得她那種張著手大把大把的花錢性格，不僅太浪費，更不懂勤儉興家的道理。只有自己千方百計抓緊，不讓它流得太快。

痛苦的忍耐了幾個月，當他計畫訂購一間大廈時，便無法再忍了，就商量的對劉友娟說：

「我準備去訂購一間大廈。」

「你買那麼多房子幹什麼？」

「你這話就奇怪了，有了錢不買房地產幹什麼？難道非要把它花得光光的不可？」

「我不是說買房子不好，我是說房子買多了，也是煩惱。你看你現在那幾幢房子，每月為了收房租，就把人弄得昏了頭，再買怎麼得了。為什麼不把生活安排好一點；出去旅旅行，聽聽音樂，看看電影，不是很有意思？」

「女人！女人！真是婦人之見。我跟你說，友娟，你別中了那些專講風涼話的人的毒，跟著在那兒睜著眼睛說假話，什麼詩啦、音樂啦、繪畫啦、舞蹈啦，全是騙人的，吃不飽也穿不暖。我問你，人不吃飯會餓死，不穿衣服會凍死；可是不看電影眼睛會不會瞎？不聽音樂耳朵會不會聾？不出去旅行會不會悶死？不會的，既然不會，還搞那些名堂幹什麼？不是玩物喪志嗎？為什麼不把錢好好的存起來，拿去買房子買地。」

「對對對！你的話有理。」

他十分高興劉友娟能說那種話，可見她總算明白了房地田產的重要。祇要他們夫妻同心協力的節省，不要說十幢八幢房子，三十幢、五十幢，照樣買得起。因為有了房子就可以出租，收了租金又可以買房產，他的家業就可以像滾雪球一樣，越滾越大了。

他正要把這番大道理，再灌進她耳朵裡時，哪知她馬上走進房間裡，把門一關，就悉索的翻起東西來。

他當時也沒在意，便坐在沙發上盤算起來，那間大廈簽約時，要一大筆款項，以後還得按工程進度繳費。另外他還有四幢房子的分期付款沒付完，一一加起來，就不是一個小數字，他必須計算計算這些錢怎樣籌。

哪知從那天以後，劉友娟祇要一不高興，就自己躲進房間翻東西，所翻的當然是鎖在床頭櫃小抽屜裡面的物件。於是那陣陣悉悉索索聲，就像一根針似的，刺得他渾身發毛。因而他們的愛情便驟然走了樣，不過說淡，也淡不到那裡去；說熱，又始終熱不起來，像兩人中間梗塞著一塊什麼東西，心怎麼都合攏不到一起。

現在他突然明白過來，絕對沒錯，那個小銅鎖裡面鎖的東西，一定與朱嘉屯有關係。

六

由於他的堅持，劉友娟也同意在家裡請朱嘉屯。因為他們跟朱嘉屯的交情不同，在請客的頭一天，他特地拿了三百塊錢給劉友娟，作為請客的費用。當劉友娟把錢接到手裡時，望著他要笑不笑的把那三張票子掂了掂，像重的不得了般；然後什麼話都沒說，把錢收起來。

到了當天早晨，劉友娟一大早就起身去買菜。她在市場裡折騰了兩個多鐘頭，才提了滿滿一籃子回來，雞鴨魚肉全有，另外還有兩瓶公賣局出品的花雕。看到那兩瓶貴得嚇死人的酒，他就嚇了一大跳；要說別的東西他不曉得價錢倒罷了，酒價卻是公訂的，兩瓶花雕就得四百塊，一分錢都少不了；那麼他給她請客的費用，連買酒都不夠。劉友娟偏也絕的很，把酒提回來，就往他面前的茶几上，端端正正的一放，意思顯然是讓他看一看。他心頭一陣慌，連忙裝胡塗的把臉轉到一邊。他絕不能看，更不能問；一看一問就漏了底，非再往外掏錢不可。但要他往外掏，天哪！那般冷的天氣，他頭上的汗珠子，竟一顆顆的轂轆轆般往外冒。幸好劉友娟一句話都沒說，把酒放好後，僅衝著他淡淡一笑，便提著菜籃子走進廚房裡。他才輕輕舒了一口氣，但摸摸心口，心還在卜卜跳。

有人在敲門，方直平剛把門拉開，手便被門外的人緊緊握住。來人自然是朱嘉屯，雖然已經六、七年沒見了，他的外型還是老樣子，臉上仍漾溢著過去的熱情與直率。劉友娟聞聲也忙從廚房裡走出來，扎撒著兩隻油油的手，帶著甜美的笑容，讓朱嘉屯在腮幫子上親了一下。

「嗳呀！友娟，你比過去更漂亮了。」

「不該像過去一樣嗎？」

「我知道你的性格，要變也不會變多少。可是沒有想到，你依然像先前一樣樂觀。」朱嘉屯顯然話裡有話。

「你還不是跟從前一樣灑脫。」

「對呀！友娟，我說老朱才是越來越年輕，他這一次出國，真是名利雙收。」方直平見別人講得興致盎然，自己總不能傻在一邊，也在一旁幫著湊趣。

「比起你老兄來，還是差遠了。」朱嘉屯挖苦的說。

「你開我什麼玩笑，我跟你比，才差遠了。」

「錢總比我多呀，這年頭有錢的王八坐上席。現在還在搞房地產吧？有幾幢房子了？」

「總共不過十八幢。」他得意的乾笑一下，這小子還算有自知之明，曉得錢的重要；如果他當初能像他那樣有節制，劉友娟這朵鮮花便落不到手裡。可是對房產的數字，他還是做了幾分保留；實際的數目是二十六幢。

「你真厲害呀！老兄，我看再過幾年，全臺灣的房產都被你買光。我說，友娟，老方那樣死命的買房產，你就讓他那樣買嗎？也不想法子找點別的娛樂？」

「我不讓有什麼用，錢是他的，他要買，我想攔也攔不住。再說他除了抽抽煙；又不喝酒，不打牌，不跳舞；對音樂、電影、戲劇、旅行，更是一點興趣都沒有；唯一的嗜好就是購置房地產，祇要有幢新房子買到手，他就會高興的吱吱叫。你說我怎麼辦？我既然自己也能賺錢，他要把錢攢起來買房子，就讓他買好了。」

「我沒想到你會變得那樣看得開，友娟。」

「人還不是走到那一步，說那一步。」她抬手拂了一下鬢邊的髮絲：「何況我又是一個結過婚的女人，你說對不對？直平？對你的購置房地產，我除了最初勸過你幾句，後來有沒有再講話？」她把臉轉向她丈夫，漾著一臉笑容；可是笑得點勉強，又帶幾分憂悒。

他正要開口講話時，又有敲門的聲音。

來人是另一位主客丁小姐。這兩位都在急著配對的男女，由於男方的為人開朗灑脫肩上又扛一塊洋博士的招牌；女的長得嬌媚大方，因而一見面就對了眼，氣氛十分和洽。劉友娟見狀，跟兩人客套幾句，便回廚房做飯去了。他坐在一邊，見人家談得甜甜蜜蜜，想插嘴，不僅插不上；就是能插上，也顯得多事似的。可是不講話，乾坐在那兒，就有點礙眼一般。

為了使兩人能夠毫無顧忌的開懷暢談，便站起來走進房間裡。

咦！奇怪！床頭櫃那個小抽屜上竟然沒上鎖，而是把小銅鎖丟在一邊。大概是劉友娟早晨出去買菜的時候，走得太匆忙，忘記把它鎖好。

他望著那個小抽屜，內心在衝突。現在祇要一拉它，就可以明瞭真相，解開長久結在他心頭那個結。

可是他該去看嗎？

照理不應該。

可是不看就永遠沒有機會。

衝突了一會，他還是經不起那個祕密的誘惑，上前一伸手，把整個抽屜都拉了出來。

啊！他一眼落到抽屜裡面的東西上，就意外的叫起來，因為那些東西完全不是他想像中的物件，而是他從來不曾想過的。於是他把抽屜裡的東西迅速翻了一遍，又很快的推回去。但他惱恨起自己來，為什麼要那樣不信任太太，一直都疑神疑鬼的？事實完全是一些個人的隱祕，他幹嘛要去看？照他那種自私的性格說，他現在必須承認自己是自私的，不看對他絕對有好處；然而他看了，他就不能不理了，必須面對現實才是。可見世界上有許多屬於個人的隱私，即使親密如夫婦，也應該互相尊重雙方的隱私；而不應去猜疑，夫妻的感情間才不會有阻塞；心頭自然也不會嘀咕，家庭裡不就會一片祥和嗎？

可是話又說回來，夫妻間要能完全沒有隱私，而把它開誠布公的攤開來，不是更好嗎？更能是靈犀相通，融洽得一塵不塞了，自然也不會有猜忌與疑慮了。想到這裡，他倒心安了，雖然他偷窺了劉友娟的隱私，感到心虧，可是也解開鎖在他心頭那個結。覺得這些年來，太虧待她了，使她蒙受那麼多的痛苦，他應該多給她一點補償才是。

他說做就做，立刻走到廚房門口問：

「飯好了吧？友娟。」

「還早哩，你要來幫忙嗎？」

「還早就算了，不要做了。」

「你說什麼？不要做？不做吃什麼？」

「我們吃館子去。」

「吃館子？我說你這個人神不神經？要吃館子為什麼早不說？現在什麼都準備好了，你又要變。」劉友娟走到廚房的門口，茫然的望著他。一萬個不相信，會從方直平嘴巴裡，講出那種話。

「我說吃館子就吃館子。你看你忙的，渾身都是汗，多麼累，吃館子不過花個錢罷了。」

「你……」劉友娟更迷惘了。

「不要問，說去就去。」

「你看菜都弄成這樣子，不做出來，不是糟蹋了。要吃館子，下一次好不好？」

「就算糟蹋了，也沒有幾個錢。」

「我說『有備無患』哪。」朱嘉屯開口說：「劉友娟不是做得好好的，怎麼又要出去吃？你是神經嗎？還是錢多得沒處花了，故意向我們擺闊。算了！算了！在家裡吃就好，幹嘛要去花那個冤枉錢。」

方直平連忙走到朱嘉屯身邊，咬著朱嘉屯的耳朵嘀咕大半天。朱嘉屯被他嘀咕得，起先是一臉驚疑，漸漸變得開朗，後來滿臉笑容問道：

「真是想通了嗎？」

「完全想通了。」

「那你的外號應該改成『萬事通』了。照這樣說，今天的館子是非吃不可了？好吧！友娟，別做了！直平說的對，那樣辛苦幹什麼，我們到外面吃去。」

劉友娟又茫然的望望方直平，始終弄不清他為什麼會突然變成那樣子。但也扭不過兩人的意思，把廚房裡的東西清理一下，便回房裡去化粧，一進房間的門，她就明白是怎麼回事了。都怨自己早晨出門太急促，沒有把床頭櫃上的小抽屜鎖好。便馬上拾起小銅鎖，把它鎖好了。

但她知道雖然鎖好了，卻已經晚了。
可是，她仍然為有這樣一個結果，感到高興。

一九八六年五月十四日刊載於【青年戰士報】。

鋼筆的故事

一

記憶是會被時間淹沒的，當你每天為生活忙碌得焦頭爛額時。許多事物便會在忙碌中，不知不覺被時間越埋越深，漸漸忘記它的形象。可是你要無意間觸動這記憶的外殼，往事的新芽，就會鮮明呈現腦際。

就拿我手裡這支鋼筆來說，如果不是由於搬家翻動箱筐，整理衣物，把它從一個舊木箱中翻了出來，它可能會在那個破箱中，無期限的壓了下去。

那麼我忘了這支鋼筆嗎？沒有。只是這些年肩上那付生活的擔子，壓得我精疲力盡。腦子裡也是一片混沌紛亂，根本沒有時間去想身外的事情。然而當我把這支鋼筆拿到手裡的時候，摸著它那黑色的筆桿，心頭便禁不住泛起一股極大的慚愧。

二

我站在戰壕上面向前望。手裡端著一支步槍，鑲在槍口上的刺刀在陰暗的天空下，閃著黑黝黝的光。壕溝外面的田野罩在一片漠漠的暮色裡。

那年我十五歲，卻已經是一個小兵。

十五歲就當兵，說出來誰會相信。十五歲還是個乳臭未乾的小孩子，怎麼有資格當兵。但我確實是那麼小就穿上軍裝。也許我把話再說得明白一點，也就不算奇怪了。因為那時節是亂世，我們又是一群在戰亂中流亡的學生；在飢寒交迫的時候便闖進了軍隊。他們不收也不成；我們賴在營門口不走。

穿上軍服，在名冊上補上名字，領了一次餉。部隊仍把我們當作累贅，千方百計想把我們送走。也難怪，軍隊開的是打仗鋪，時時刻刻都準備戰鬥。我們這一夥都是十二、三歲的毛孩子，打仗雖不中用，哭起來卻一個比一個的嗓門高。要有一個開頭，馬上就會合演一首最偉大的悲愴交響曲。這能怪我們嗎？想家嘛。

要把我們送走，可不那麼容易。我們的家鄉已經全部淪陷，都是些無家可歸的孩子。要叫我們走，就得給我們找個吃飯的地方。

三

這天是我第一次充當警戒哨，那是京滬線上的一個小城，我們部隊就在縣城外圍擔任城防。

季節雖已進入初春，田野裡仍是一片無遮攔的空曠。可是在天色這般陰暗的時分，那種空曠就變成一種陰沉的蒼涼。風從曠野裡吹過來，掠過陣地前面那帶茅草地，沙沙的吹起一陣侵入的寒意。

突然有一個聲音，在陣地響了起來，悉悉索索聽不十分真切。好像就在陣地前緣不遠的地方。我的血液驟然凝結似的，握緊槍把戒備。

哨所的位置是在陣地前面的一個突出部，面臨著外面的戰壕。在戰壕的外面，是一片用亂木樁築成的鹿砦，再過去就是一帶十分空闊的田野。據說在夜裡，這兒經常有敵人潛伏活動。可是我望著那片漠漠的暮色，搜索了大半天，仍無所發現。但越看不到東西，心裡越不安。我緊張的覺得，可能是敵人要來偷襲。我該怎麼辦呢？是不是應該朝那聲音打一槍。

我把槍端起來試了一下，快要扣扳機時，又很快的放下來。我猛然想起，我這一槍打出去，要把那個人打死了怎麼辦？打死人是要償命的。那麼去報告班長，讓他來處理好了。可是我又不能離開這兒，班長一再的告誡我，哨兵是不能一時一刻離開崗位的。那聲音還在響，我再轉動著目光仔細看去，在視線以內，找不到可疑的徵候。風又驟然緊了起來，我突然感到一陣孤零零的空虛。

啪！一隻大手落到我身上。

我驀地一驚，急忙轉回身。哦！班長。矮矮的個子像半截木樁般站在我面前，乾瘦的臉上，爆著一層黑得像墨的光。他用炯炯的眼神瞪著我說：「你在想什麼？楊崇賢。哨兵要眼觀四面，耳聽八方才成。不能胡思亂想的。」

「我在看前面有什麼情況。你聽到沒有？那裡有個聲音，響了好久啊。」

班長向前望望，又凝神細聽頃刻。

「沒什麼東西。」

「可是有聲音哪？」

「大概是隻老鼠吧。」

「老鼠？」我奇怪看看他：「會不會是敵人？」

「那不是人的聲音。」他又傾聽一下肯定的說：「人的聲音不是這樣子，也不會一直響個不停。如果是敵人來偷襲，你可能一點聲音都聽不到。」

「我還以為是敵人呢，真想朝那兒打一槍。」

「那你就真的闖禍了。」班長急忙抓住我的手，鄭重的對我說：「不要亂來，楊崇賢。你打一槍不要緊，把整個部隊都驚動了；大家都得馬上進入陣地。結果什麼情況都沒有，連長不罵死你才怪哩。」

「可是我緊張啊，又什麼都看不到。」

「你害怕了，是不是？」

「班長！你怎麼曉得那個聲音是老鼠。」我不正面回答班長的話。我知道軍隊最忌諱害怕恐懼這一類的話。被別人聽到了，會變成一個笑柄。

「那很容易。」他很自然的說：「你聽多了，自然就會聽出來。可是你叫我說，我也說不上來。好了！你別管這些了，這些對你已經沒有用處。等會你下班後，不要出去亂跑，在營房裡等我，我大概八點鐘左右就可以回來，我有要緊的話對你說。」

「什麼話？班長。」

「到時候你就會曉得。現在你在擔任哨兵，暫時不對你講。」然後他又拍拍我的肩。

「不要害怕，楊崇賢。我叫下一班的哨兵吃過飯，馬上過來接你。記住了，吃過飯後不要亂跑，在營房等我。」

班長說完便逕自走了。我望著他走下斜坡的背影，心中不停的在想，他要對我說什麼，很重要嗎？

我應該找林文勤問問才是，他應該會曉得。

四

林文勤是我的同學，我們一起二、三十個人進入這個部隊，我跟他又被編在同一個班。他的年齡比我還小一歲，個子也矮。並且比我更缺乏獨立性格，老愛哭，動不動就眼眶泛淚的，弄得班裡的人都感到煩。但在班裡我們確有一個靠山，那就是班長。

說到班長，我跟林文勤對他雖很怕，卻不怎麼尊敬；因為他識不了幾個字。但他是連裡最頂尖的人物，聽說祇要上階有缺，他就可以升上排長，那就是官了。因為那時候行伍士兵要升官，要靠三個條件：一個是靠年資熬，一個是靠戰功，一個是靠軍事動作好。對於我們班長，我雖不清楚他前兩個條件如何。可是講軍事動作，倒是頂呱呱。在操場上，祇要需要示範的各種教練，都是找他擔任。不論是分解或是連續的動作，都做得乾淨俐落。特別是那個立正姿勢，他把身體一挺，胸脯一張。雙腿一併，頭一昂。那副巍巍然的樣子，大有一副頂天立地的神態。

同時你也別看他個子矮、身體瘦，嗓門卻特別大，中氣十足。他那幾聲「立正！稍息！向右看齊，向前看」的口令喊出來，真是響徹雲霄。本來操場上的各種教練、就是七分口令，三分動作。我們班長就有這個好處、口令下達的時機非常適切，該左腳就左腳，該右腳就右腳。決不會不左不右的亂喊，把隊伍的步子搞亂，使大家劈哩嘩啦的亂踢。所以在他指揮下的隊伍，在行進的時候，祇聽到一個聲音，刷！刷！響得十分整齊。

不像別的班長，口令喊得有氣沒力，大家的動作也提不起勁，變得拖泥帶水。記得有一次出操回來，午餐已經擺在飯桌上，大家也餓得肚子吱吱叫。由於那位值星班長的口令喊得不夠活，大家也慢吞吞拖。於是惹得連長發火，罰大家在院子裡跑步，非把隊伍弄整齊不可。眼看著飯在面前卻吃不到，那滋味真不好受。

班長對我們雖好，但也對我們感到頭痛。他班裡一共撥了兩個娃娃兵，就是林文勤和我。我們到他班裡第一天，他就皺著眉頭對我倆說：

「你們這兩個小鬼，叫我怎麼辦？」

「你要我們去打仗啊？班長。」林文勤在同學中間膽量最小，他望著班長怯怯的問。

不知什麼人在旁邊插了一句：

「當兵還能不打仗？」沒想到那人的話剛說完，林文勤便哇的哭起來。

「班長！班長！」他抓緊班長的衣袖叫道：「我不要打仗。我害怕呀，打仗會打死呀。」

「你別在一旁鬼叫，好不好。」班長望著那人吼道：「這兩個小傢伙把我的頭都弄大了，你還在旁邊說風涼話。」然後他安慰的拍了林文勤幾下：「放心，不會讓你們去打仗的。聽說已經把你們的情形報到上面去了，你們到班裡只是暫時的，過幾天就要把你們送走。」

「要把我們送到什麼地方？班長。」

「我也不清楚。」

「我們到那裡有沒有飯吃？挨餓我們不去。」林文勤已經揩乾了眼淚，提出這個切身的問題。

林文勤的話說得很堅決。說實在話，我們在流亡那段時間確實餓怕了。於是我們這個五、六百人的學校，便逐漸的分散了。有親友的同學，多數去投奔親友。年齡比較大的，也都設法自謀生路。有的在京滬線上跑單幫，有的跑到上海去淘金。剩下我們這些沒有謀生能力的，飢一頓飽一頓的經常忍飢挨餓。

「不會送你們到沒有飯吃的地方去啊。只是這裡隨時隨地都要打仗，你們在這裡又不能作戰，危險。」

「真的？班長。」林文勤轉悲為喜。

「我作孽啊！騙你們小孩子。」

五

班長對我們是十分關懷的，特別是對我們安全。因為那時我們防區的情況，越來越緊急，好像隨時都將進入戰鬥。因此有一天把我跟林文勤帶到陣地後面一個雙人散兵坑前，指著它對我們說：

「要打起仗來，我要指揮作戰，沒時間照應你們。你們要自動跑到這裡躲起來。這裡很安全，子彈打不到。除非是砲彈直接命中；可要真那麼巧，就是你們命裡該挨砲彈。」

「我們躲在屋裡不成嗎？」我奇怪的問。

「房子有什麼用，正好是砲兵的目標。」

「我們可以躲到床底下呀。」林文勤想了一下說，我也覺得他這個主意比躲散兵坑好。

「床有什麼用，一個砲彈下來，房子打垮，床板也穿透。你們壓在底下就別想出來。老老實實的聽班長的話沒有錯。祇要作起戰來，你們就自己到這兒躲起來。也不要亂跑，你們知道，子彈是不長眼睛的。」

我們只有乖乖的答應。

儘管班長各方面都極力照應我們，但他也有他的困擾。因為一個班的兵力，連班長副班長在內，總共不過十個人。除了我們兩個人不能參加戰鬥任務，就等於缺乏十分之二的兵力，在任務調配上，就感到掣肘。最讓別的班兵不滿的，還是班內各項勤務的派遣，像抬公糧、出差、站衛兵等等，照理都是輪流的，誰也不能偷懶，誰也不願意多做。尤其夜裡的衛兵，所謂「好崗好崗，十二下兩，兩頭睡覺，中間上崗」。誰能少輪一次，總是想辦法少輪一次。可是我跟林文勤不能站衛兵，他們便要多輪，因此便風言風語說給班長聽。

班長對弟兄們的反應當然不能置若罔聞，便把許多不重要的差使派給我跟林文勤做，像掃地、洗碗筷、到廚房裡端菜端飯，才消掉別人許多怨氣。

他也叫我們幫輕機槍手擦子彈，把每一顆子彈都擦得亮亮的。又教給我們裝彈夾，別看只是把子彈一顆一顆裝到彈夾裡，倒有很大的學問。彈夾裝不好，輕機槍在射擊時就會卡殼。那有兩種現象，一種是子彈卡在膛口無法上膛，一種是射出後無法退殼。這兩種現象，不論那一種情形發生，在戰場上都有極大的危險。因為輕機槍是班的主要火力，一但卡殼，需要很長時間才能排除故障。在這千鈞一髮的當兒，敵人就可能趁機衝上來。

我們也時常偷懶，不好好做，班長便會講我們。

「別祇顧著玩，把事情做完了再玩。」

「什麼時候才能送我們走啊？班長。」我很關心將來會到什麼地方，但一直沒有消息。

「等上面通知來了，就送你們走。」

「什麼時候才能接到通知？」

「我想不會太久。」

不會太久，卻一個多月過去了。在整天忙著加強陣地跟戰鬥準備中，大家都嗅出戰火的味道。

六

我們到了班上沒多久，就曉得班長的名字，叫做魏萬福，是三個筆劃都很多的字。每當他寫他的名字時，就好像在辦一件大事。他手裡的筆一面抖著，一面殺豬般的往紙上劃。名字寫出來時，紙上也戳了好幾個洞。不過每天他總要練習幾次這三個字的簽名；那陣子他升排長的消息傳得很多；升官，當然要簽名。

有一天下午他很鄭重的對我說：

「楊崇賢，你來，有件事你幫我辦辦。」

「什麼事情？班長。」

「幫我寫封信。」

他把我帶到一間空屋裡，連信封信箋都已經準備好，還有一支很漂亮的鋼筆。我認得出來，那是一支藍寶派克鋼筆。在當時算是很名貴的筆了，誰能有一支，是相當神氣的。我沒想到這位土里呱唧的班長，會有這麼一支漂亮的鋼筆。我拿起鋼筆摩弄一下說：

「這支鋼筆很漂亮啊，班長。」

「你曉得是什麼牌子的？」

「藍寶！」

「對的！」他很得意的說：「我們連裡就數我這支鋼筆最好，連長都沒有這樣好的鋼筆。好多人都想拿別的鋼筆跟我換，我都不肯。本來我要這麼支鋼筆也沒有多大的用處，我很少寫字。可是我要能升排長，用處就多了。當了官就應該有一支好鋼筆。」

「你買這支鋼筆花多少錢？很貴吧？」

「不是買的，人家送的。」

「什麼人送你的？」我好奇的問，在當時拿這種鋼筆送人，是相當貴重的禮物。何況班長認不了幾個字，什麼人會送他這樣的禮物。

「那是好幾年以前的事情。我們遠征軍在緬甸作戰的時候，解了英國軍隊的圍。我把一個英國鬼子從戰場上救下來，他送了我這支鋼筆。」

「班長，你打過很多仗吧？」

「我當兵都快十年了，你說打了多少仗。」

「我最喜歡聽打仗的故事了，你說給我聽，好不好？」

「現在先給我寫信好了，打仗的故事我多的是，等有空閒我再說給你聽。」他說著幫我攤開紙，他打橫坐在一邊。

他是找我幫他寫封家書，因為他又積了幾個錢，要寄回家去。在家裡他還有弟弟妹妹，家境並不寬裕，所以他隔一段時間便把積下的錢寄回家。同時也告訴他的父母，他在外面很平安，不用為他操心。

我一面寫著信，他也跟我聊很多。他是民國二十九年春天參加國軍的，在那之前，一直在家裡種田，是一個十分勤快的年輕農人，而且也訂過婚，是他們鄰村的一位姑娘，他曾經見過她，長得很漂亮。他原本希望抗戰勝利後，就趕緊回家迎娶，然後平平靜靜住在鄉下，日出而作，日入而息，無憂無慮過一輩子。無奈天不從人願，抗戰勝利後，接著就是戡亂。這次戰火更烈，燃燒的地區更廣；中國廣大的土地找不到一個安靜角落。他不但沒回家，反而走得更遠，到的地方更多；打了更多的仗。如今他已不曉得那位姑娘的消息，她是不是還在等他？抑是嫁了？他聲音中有一股悽愴。

聽過班長這番話，我心頭有無限感慨，一時什麼話都不想說。我彷佛看到一個寂寞的女郎，疲倦的站在她家的門口，等待她未婚夫回來。

我低下頭急急的給他寫信。

七

這天派我擔任哨兵。是由於班裡別的弟兄要參加一次演習，兵員一時調配不開，班長才想到我跟林文勤。反正演習地點就在附近；一有狀況馬上可以進入陣地。

班長的意思是要我倆一起擔任哨兵，有個伴，就不會害怕。可是林文勤這傢伙，比我都孬種；一聽說要他擔任哨兵，兩行清淚馬上順著眼角流下來；身體突然像軟了一般，連步子都拿不動。於是我對班長說我一個人就好。我心裡雖然也胆虛虛的，可是我不想在班長面前顯孬種。

但班長有什麼話要對我說呢？為什麼還要等到晚上再說，現在就告訴我多好，就不用胡猜亂想的焦急。我恨林文勤恨得牙癢癢的，如果是有關我倆的事，他一定會曉得，那他就該趕緊來告訴我才是呀，在這個班裡，只有我倆是一體的。他一定是害怕，不敢到陣地上來。真不中用，我還沒見過孬種到這種程度的人。

「魏叔叔、魏叔叔。」突然一個孩子的聲音，從陣地後面遠遠的傳了過來：「你在那裡？」

「你找誰！」我轉回身問。

「我找魏萬福叔叔。」孩子已經到了陣地的斜坡下。

「是你呀！小喇叭。」我馬上認出這個孩子是誰。他是我們陣地旁邊一戶人家的孩子，年齡不過八九歲。因為說話的聲音尖尖的，有人就給他取個外號叫小喇叭。他本名叫什麼，卻很少人知道。他經常來營房找我們班長玩。我們班長也很喜歡他，得閒的時候就用子彈殼或廢彈夾之類給他做玩具，讓小喇叭好樂。

「你看沒看到魏叔叔？」小喇叭的樣子很急。

「他剛才來過這裡，才走了不久。」

「你曉得他到那裡了？」

「你沒有到營房裡找他？你找他有什麼事？」

「我到那兒找過了，他不在營房。我媽媽要我來找他到我們家裡喝酒，早就講好的。」

我想起來了，今天是小喇叭的生日。因為大前天他來找班長玩時，說他今天過生日，請班長到他家吃飯，班長也一口答應了。昨天班長還在跟別人商量，帶什麼禮物才好，討論的結果是送一個蛋糕。

「你今天過生日對不對？小喇叭。」

「就是因為我過生日，才請魏叔叔吃飯啊。」

「你放心，他一定會去。」我十分把握的對小喇叭說：「他那個人說過的話，一定算數。你不用再找了，趕緊回家去，說不定他已經去了。」

「要是魏叔叔再到這裡，你叫他趕快到我們家。」

「好的。」

八

林文勤到陣地上來了，帶給我一個令人興奮的消息。說上面的通知已經到了，要我們這批學生明天先到軍部集中，然後再送到什麼地方讀書。於是我倆高興得抱在一起雀躍起來，在陣地上又跳又叫。

林文勤很快又走了，他要回營房收拾行李。我心裡雖也十分焦急，但沒有人接我的哨兵，就不能離開。祇心情激盪的在陣地上來回走動。

「魏叔叔！魏叔叔！」小喇叭的聲音又傳過來。

「不要過來找他，他不在這裡。」我在陣地大聲吆喝著告訴小喇叭：「到別處找去。」

小喇叭顯然沒聽到，依然朝這邊走著喊：

「魏叔叔！快到我們家呀。」

我正要轉身再告訴小喇叭一遍。可是我一打眼，發現在陣地前鹿砦的外面，好像有什麼在動。但那些影子只是貼在地面，一時看不清。

這時小喇叭已經到了陣地頂上，沿著壕壁那道稜線向前走。把喇叭般的嗓門也拿出來，叫得好響。

我無暇去理他，眼睛直釘著陣地前緣看。天雖然已經黑了，還不十分暗。前面的影子又動起來，這次我看清楚了，那是一片人，大概有十幾個的樣子，用極低的姿勢向這邊運動，看情形一定是敵人。於是我慌了，一時不知怎樣才好，祇大聲對小喇叭說：

「小喇叭快走！前面有人。」

「我要找魏叔叔啊！」

「敵人來了，你還找什麼魏叔叔。」

小喇叭好像還沒聽清楚我的意思，傻站在那兒不動。那知我的話剛剛說完，便有一陣刺耳的砰砰聲，向陣地上空飛過來，把壕壁打得撲撲響。我什麼都不顧了，想起班長告訴我的話，祇要打起仗來，就跑到他指定的散兵坑裡躲起來。免得他一面指揮作戰，還得一面為我們操心。可是這裡距他指定的散兵坑很遠，我便不管三七二十一，連滾帶爬跑進最近的散兵坑。

進了散兵坑，我便安心多了。可是看看陣地上，小喇叭還直挺挺地站在那兒，他大概嚇呆了。

槍聲還響得激烈，我正要招呼小喇叭快跑。話還沒講出口，驀地一個人影，矯捷的從陣地後面奔上去，拉著小喇叭就往下走。這時槍聲又驟然緊了許多，我見到那個人影在地上晃了晃，跟小喇叭一齊滾到陣地後面。

這時班上的人已經全部進入陣地。可是槍聲經過一陣激烈射擊，又快速的落下來。

九

「哨兵呢？哨兵呢？」

「哨兵怎麼不見了？」

「哨兵沒陣亡吧？」

這時槍聲已經完全停止，進入陣地的人，都從他們的崗位走出來。我聽出那是連長的聲音，便急忙從散兵坑裡爬出來，背著槍跑到連長面前。

「報告連長，我在這裡。」

「你是哨兵嗎？」連長的樣子好像怒氣衝天，瞪著眼睛，像冒著熊熊的火。

「是的。」

「你是哨兵！你跑那裡去了?!」連長猛然一揮拳，把我打得向後倒退了好幾步。

「我在那個散兵坑裡。」我站了幾次才穩住樁，祇覺得那一拳，打得胸膛都要炸開了。我怯怯的望著連長，轉身指指剛才躲避那個散兵坑。

「你跑到那裡面做什麼？」

「那裡槍打不到啊！」

「胡塗！敵人來了，你躲起來。」連長的火氣好像更大了，聲音跟炸彈一般。他又一拳打過來，但這次我向後退得快，他打了一個空。

他的火燒得更高，大聲喝道：

「不准動！誰叫你動！站好了跟我講話。你說！你是哨兵，為什麼要跑到散兵坑裡？要按照軍法辦，聽見槍聲就跑，就應該槍斃。」

我聽到槍斃，馬上嚇得哭了。說這是什麼臨陣脫逃。我不清楚「臨陣脫逃」是什麼罪名。但看他們那個表情，這罪一定不輕。

我便看著連長囁嚅的說：

「是班長教我躲的。」

「胡說！魏班長會教你聽到槍聲就跑。」

「真的嘛！」我大聲的辯著：「我跟林文勤到這個班裡的時候，班長就帶我們到一個散兵坑裡，告訴我們一打起仗來，就躲到那裡，不要亂跑。因為他要指揮作戰，沒有時間照應我們。報告連長，我說的都是真話呀，一點都沒撒謊，不信的話，你可以問我們副班長。」

我多希望班長能在這兒，可以直接給我做證。無奈他不在；並且周圍站了那麼多看光景的人，我們班裡除了副班長站在一旁外，別的人一個都不見。不過副班長能在這兒也好，那件事情他也知道。

連長沒問副班長，卻感嘆了一聲：

「惹禍！你差一點就惹了大禍。幸好今晚來的敵人只是擾亂性質，要真是準備向我們攻擊，有這麼一個漏洞；那不一下子衝過來才怪呢。今天的事情我一定要處罰你；不處罰我就對不起你們班長。」

連長那聲無可奈何的嘆息，好像把滿肚子的氣也吐出許多。他拽著我用力一推說：

「走吧！看看你班長去。」

十

我被連長推了一個踉蹌。站穩後，正想到那兒去找班長才好。副班長卻走過來對我招手道：

「楊崇賢，跟我來。」

「班長在那裡？副班長。」

「在營房裡。你知道嗎？班長負傷了。」

「負傷了？他沒到小喇叭家裡吃飯哪？他怎麼負傷了？」我緊張得急急追問。

「還說呢！你擔任哨兵，怎麼讓小喇叭那樣的小孩子在陣地上亂跑。班長就是為了救他，才負傷了。不然，連長剛才怎麼會發那麼大的脾氣。」

「小喇叭是到這裡找班長嘛。我知道他們今晚要請班長的客，我怎麼能不讓他找。」

「班長的傷很重。」副班長嘆息的說。

「那要不要緊？」我著急的問。

「誰曉得呢？」副班長又感慨的說：「有兩顆子彈打在他的胸口，還有一顆留在裡面沒出來。」

「那怎麼辦？」我緊接著追問。

「可能要到醫院裡開刀往外拿。不過班長的情形十分危險；要往外拿，也是以後的事情。別講話了，我們走快一點吧。」副班長拉拉我，把步子拿快。

在寢室的燈光下，班裡的鋪前圍了一大堆人，班長的弟兄全部站在那兒。另外還有排長，別班的班長，以及其他班裡的一些弟兄。大家都面色沉重的望著躺在床上的班長，有兩個人在低聲談什麼。我們走進去，圍著的人便讓出一條路，副班長拉著我一直走到班長面前說：

「報告班長，楊崇賢來了。」

「班長！」我上前低聲說。

這時我已經看清楚躺在床上的班長，身體好像驟然間虛弱了許多。過去那張肌肉緊得楞角分明的臉，兩頰也鬆得軟搭搭的。眼眶陷下去了，眼睛變得十分呆澀，沒有一點神。嘴角也弛弛的，彷彿連說話的力氣都沒有。他身上蓋著一條毛毯，看不出傷在什麼地方。

「楊崇賢，你沒有受傷吧？」他的手輕輕動一下，像要來拉我，我便把手送過去：「你到那裡去了？我到陣地上時候，怎麼沒見到你？」

「他躲到散兵坑去了，班長。」副班長在一旁說。

「那就好，沒受傷就好。」班長摸摸我的手：「別明天就要離開，又負傷了，那就麻煩了。」

「班長！你……」我突然不知是感動還是激動，一時猛然哽咽得說不出話來。

「你聽我說，楊崇賢。我……」班長的樣子像是十分疲倦，他鬆開我的手，慢慢閉上眼睛。

十一

「班長！班長！」

「魏萬福！魏萬福！」

大家一疊聲的亂叫，班長又緩緩的睜開眼，無力向四周環視一下。這時連長也到了，他對班長說：

「魏萬福，你看楊崇賢這個小混帳東西。他聽到槍聲跑到散兵坑裡躲起來。」

「他不是明天就要走了嗎？」班長望著連長。

「出了這樁事，不送他走也可以。」

「還是讓他走吧，連長。他還是個小孩子，什麼事都不懂。聽到槍響就躲到散兵坑裡，是我教他的。我不能要這麼個小孩子去打仗啊，連長。我受傷不怨他，是我去救小喇叭時候，心裡太急了，來不及慢慢往前爬。因為姿勢太高，才會被敵人打中。」

「哼！傷成那樣子，還那麼護他的部下。」連長還很氣，狠狠的瞪著我。

班長又低聲對我說：

「楊崇賢，你把我枕頭底下的皮夾子拿出來。」

我依言給他拿出來，但他又說：

「你打開拿出兩塊大頭來。」當我把大頭拿出來後，他便接著說：「這兩塊大頭，你拿一塊，給林文勤一塊。你倆到我班裡這麼久，我一直沒好好照應你們。現在你們要走了，我也沒有什麼東西送給你們，祇送你們一人一塊大頭，也算是我一點心意。」

「我不要，班長。」我不知不覺感動的哭了。

「收起來，楊崇賢，聽我說話。一個人在外面，不論到什麼地方，身上都得有一點錢。」

「我一定不能拿，班長。我知道你沒有錢；你所有的錢最近都寄回家了。這錢留著你自己用。」

「我……我要錢沒有用了。」

「你要去住院，用錢的地方很多。」

班長沒理我的話，卻用手指指他的衣服。

「你不是說我該寫信回家嗎？我倒忘了。你打開我衣服的口袋，把那支鋼筆拿出來。」

我聽從的把鋼筆拿出來，放到他手裡。

班長把鋼筆摩弄一下，又放回我手說：

「這是人家送我的，我知道你很喜歡它，我現在也把它送你，可要好好保管它。」

「班長，我……」

「你聽我說，楊崇賢。」班長打斷我的話：「你不是……給我寫……過家信……嗎？……你是……是……知道我……家的地……址了。那……你……回頭再給我寫……一封家……信。就說……我……在外面很……好……，請我父……母……不……不要掛……念。」

班長的聲音微弱，已經連說話的力氣都沒有。一句話要斷斷續續說大半天。

這時連長跟排長急忙說：

「你別說話，魏班長。快休息吧。」

「不！連……長。我要……把……話說……完。我知……道……我不中……用了。連……長。」

「不會的，魏班長。我們一定要儘量想法子救你。」

「可是我……曉……得，連長。我……沒見誰……傷……在這裡還……會有……救。」

於是他把目光慢慢轉向我：「我……說的話你……聽……到嗎？楊……崇賢。一……定別……忘了給我……寫……信。」

我不知道該說什麼好，只有點點頭答應著。

「我一定記住，班長。」

「我……謝……謝你，楊……崇……賢。」

十二

班長當晚就閉上眼睛走了。

我們那批學生，也在第二天一早就離開那個部隊。在離開那個部隊時，我曾把班長的家鄉地址謹慎的保存在身上。希望有機會好好給他寫一封家信。可是戰火很快便燃燒到江南，像緊迫盯人似的，一直在我們身後追。

哪知在流亡途中，不曉得怎麼會一時疏忽，竟把班長家鄉的地址弄丟了。當時我懊喪到極點，搜遍箱篋，都無法把丟掉的東西找到。

來到臺灣，我也曾一再努力的到處打聽，也都毫無結果。現在這些年過去了，當我把這支鋼筆拿到手裡時，內心更感到無限愧疚。何時才能實現對班長的諾言呢？我摩弄著鋼筆，一時木然的待在那裡。

本文一九七七年刊登於【青年戰士報】。

總是一個春天

一

她永遠都會懷念那段快樂美好的時光。要講那是一種愛情似酒濃的甜蜜，遺憾的是兩人都沒在那杯醇酒中醉倒。在那段時光裡，每當夕陽銜山的時節，他倆就會踏著河邊小徑走一段好長的路：那時順河風準會迎面撲過來，把小徑兩邊的疏林吹出如天籟般的聲韻，兩人不論是談笑相應，或是默默對望，其間都有股濃濃的情意。

因而她此刻一面要拿著電話跟客戶聲嘶力竭的談生意，還要吆喝著對屬下發號施令，就覺得那種美好的時光，已永遠離她遠去，再也不會回到她的身邊；所以當她放下電話時，就無限疲倦的往身後那張皮製高背椅上一仰，手揉著喊啞的喉嚨，咳幾聲順順氣，拿起杯子大口的喝了幾口茶，一支香煙也同時到了她手上；隨著打火機的卡擦聲，一個灰色圈圈就升起到她頭頂上。這就是孫德芳小姐現在的生活，一天到晚都在緊張刺激中忙碌，累了的時候，就用煙、酒、茶來刺激自己，從前那種美好的時光，也就更使她回味無窮。

在很久以前，她就承認陳東盛是一個好人；一個值得女人去愛的男人，相信嫁給他的女人，一輩子都會躺在蜜罐裡過日子。並且她對他那種信心，不僅現在不會變，就是在彼此都結婚之後；甚至過一百年、一千年、一萬年，她都相信他都是一個可愛的男人。再拿她來說，雖然他倆如今勞燕分飛，她來到金光閃閃的都市後，身上就裹上一層濃濃的紅塵，在別人眼裡，她只是一個渾身閃著炫目金彩的女人，被滾滾風塵衝擊得暈頭轉向。也只有陳東盛了解她；依然像過去那般純潔，只緣置身競爭激烈的商場裡，方使人誤解她是一個錙銖必較的厲害女人。

想到這裡時，她只有偷偷的嘆一口氣，把內心那股無法訴說的寂寞與苦悶偷偷吐出來。但在表面上，依然得保持著那副巨傲不屈的挑戰神態。

不過話又說回來了，就算陳東盛是一個打著燈籠都沒處找的男人，她依舊像過去那般純潔，就能成眷屬嗎？

她曉得——

難！

突然她一挺身，坐了起來，抓起電話嘎嘎撥出去。

「廣宇公司嗎？找你們總經理講話，我是金牌貿易公司孫經理。」

「喂！林總經理，我跟你講，你們報來那個石英鐘的價格，缺乏競爭力，必須降低百分之二十才行；不然的話，我們就沒有辦法跟你們合作。」

「什麼？只能降低百分之五？不行！必須降到百分之二十，才有希望接到單子。」

「沒有辦法？沒有辦法就算了。」

她把電話砰的一聲掛上，氣咻咻的往身後的高背椅上一靠，又一支煙到了她手上。唉！她望著屋頂長長吐了一口濃煙，經濟不景氣，什麼事情都不順心，國外的客戶猛殺價，國內廠家叫苦連天的說虧本。他們做貿易的處在這種夾縫中，就擠得有多大本領都施展不開。可是一個貿易公司，也要維持一定的業績利潤，才夠開銷；否則就要看老闆那張老K臉。因此她最近跟廠家們講話的態度也很衝，可是有些廠家就吃這一套，跟他們好言好語商量了大半天，反不如一句硬話來得有效。

「經理，你的電話。」一位叫黃行義的職員對她說。

「那裡打來的？」

「廣宇公司的林總經理。」

「不理他，說我沒空。」

「他講可以降低百分之二十。」

「那就要他把報價單改好傳來。」

「是！」黃行義答應著把她的意思告訴對方。在放下電話後，走到牆邊的三腳架前，拿起上面的熱水瓶到她的面前，輕柔的問：「經理，加點水吧？」

「好煩哪！黃行義。」她低聲的吐了口氣。

「人到春天都會這樣子，經理。這就叫做『春色惱人』。」他對她講話永遠都那樣輕柔，怕嚇著她似的。

「就惱得人心裡亂亂的嗎？」

「我給你換一杯茶吧，這杯太淡了。」

她對黃行義的提議未置可否，聽任他把茶杯拿去洗手間清洗。當他走出辦公室的時候，她才突然想起不該讓他去做這種事；辦公室內有小妹，這種事情應該由小妹來做才是。她沒把這些話講出來，只抬了一下身體，把臀部在裝有彈簧的椅子上不安的掂了掂，又無力的坐下去。

二

黃行義沒多久就給她重新泡好茶，她謝過他，便伸手拿起杯子輕啜了一口。茶的味道十分香醇，比小妹泡的好多了，箇中原因她也最清楚；那是小妹每天上班很晚，到達辦公室時，來不及現燒水，就用熱水瓶中的水沖茶，茶葉便全浮在水面上，喝到嘴裡一點味道都沒有。難道黃行義泡這杯茶時，是現燒的開水？於是她自然而然的向黃行義望了一眼。

對於黃行義這個人，一直是她的困難問題，不論從那方面講，他都是一個十分體面的男人，細高挑的身材，白淨面皮，臉上透著一份聰明的靈氣。無奈他硬是一支木頭蠟燭，點都點不亮，要他做什麼事情，都會出漏子。她曾不只一次，暗中罵他是一個木頭腦袋！像他那樣的人，有什麼用，什麼事情都做不好。

可是上個月公司開會時，老闆認為在經濟不景氣的情況下，各單位的人事最好能做一次精簡，裁除不必要的人員，以便節省開支，並要大家當場提出報告。當時她曾就貿易部門的情形想了大半天，都想不出來那一個該裁；因為她屬下的人員都是一個蘿蔔一個坑，缺了一人，在業務流程上就會中斷，唯一能裁掉而不受影響的，只有黃行義一個人。但要她把黃行義裁掉，心頭又有一種說不出來的不自在，是不忍心嗎？還是公司依然缺不了他？

她還是把黃行義提出來，那知老闆一聽她的話，兩眼盯著她轉了好幾轉，徐徐的笑著說：

「我說的精簡，是裁掉那些沒用的人。」

「我是覺得貿易部門，只有這一個人可以裁。」

「我說的精簡，也不是硬性規定要裁員，只是對不重要的員工，做一番檢討，不是指重要的職員。你考慮過了沒有？貿易部門缺了黃行義，行嗎？」

「我是覺得……」

「不要再說了！你再好好考量考量。」

在整個企業中，老闆就是老大，說東就是東，說西就是西，不容她這種看著人家臉色吃飯的人有所置喙。於是她開始對黃行義注意起來，難道他跟這位大老闆有什麼特別關係，才在他面前那般吃香？過了兩個禮拜的光景，她終於看出門道，那是老闆雖然不會每天都來貿易部門察看，隔個三天兩日，總會走一趟，跟大家聊聊天，問問業務方面接單的情形。她發覺每次老闆前來的時候，全辦公室最忙的一個人，就是黃行義……

幫老闆脫外衣的是他。

用手帕給老闆揩沙發的是他。

給老闆泡茶的是他。

搶先用打火機給老闆點煙是他。

永遠都答應「是」的也是他。

站在老闆身邊，哈著腰，堆著笑，翹著下巴額，咬著老闆耳朵，細聲細氣講話的人是他。

孫德芳頓時明白其中的道理，她怎能說黃行義對貿易部門不重要呢？如果這個辦公室缺了他那樣一個人物，當老闆來的時候，大家一定還是不理不睬，各自低頭忙各自的工作，好像沒見到他似的。那麼老闆講話沒人答腔，抽煙沒人點火，自然也不會有人在他身邊哈腰翹屁股的講話，豈不把這位大老闆冷落了，無法顯出他的高高在上，這個貿易部門對他還有什麼意思？

這時她把手裡那杯茶用力握了一下，上面的熱力馬上使她感到一陣暖意，那麼黃行義對她的意義，就不只是一杯熱茶了。因為一杯簡單的熱茶，小妹就可以給她泡，但要泡得那樣正是時候，裡面就大有學問；不僅小妹那樣的傻ㄚ頭沒有那種眼色，就是她自己，都體驗不出什麼時候迫切需要，只有黃行義才有那種一眼就看到你心裡的眼光。

她又舉起杯子輕輕啜了一口茶，並咂著舌頭細品一下它的味道，當那股暖暖香醇流進心頭時，像把心上所有的煩惱都燙得平平的。

三

「孫經理嗎？」

直到老闆打電話來，孫德芳才頓悟她那幾天煩惱的根由。那是在去年夏天，老闆硬用一種她不欣賞的方式，把一粒愛情的種子播進她的心田，硬要它成為一樁開花結果的愛情。當時她雖然老大不情願，礙著老闆的顏面，不便一棍子把人家的好意砸碎。她覺得時間還遠得很，用不著那般緊張，也許事到臨頭，情況會變。沒想到身在國外的對方，竟認了真，一直在小心謹慎耕耘這份毫無感情的愛情，一再寫信道述他對她的愛慕，老闆也在一旁不停的幫他敲邊鼓；儘管她一封信都沒回。

可是她對這樁愛情，一直心裡有數，明白老闆那麼幫自己外甥撮合的用心，絕不是為了她的美，或是她有什麼別的女性沒有的特殊德行，而是看上她的能力，才千方百計使她成為他們家族中的一員。

因為在這個龐大企業中，她所負責的貿易部門，雖不過是它的關係企業之一，但對整個企業的成長卻扮演著重要角色。而她對金牌的貢獻，尤令這個家族驚奇。只因她來到金牌不過三年，由於認真負責的工作態度，以及特優的語文能力，不僅使她由一個普通業務員，升到今天這個職位，也為整個企業帶來一片欣欣向榮的景象，國外的訂單如雪片般飛來。

就是在今天這種不景氣狀況下，業績仍保持穩定的成長。只是在這個家族形態的企業中，她若不是這個家族的一份子，他們就對她不放心，不肯放手讓她去做。其實老闆介紹她跟他外甥見面時，如果不用那種硬塞的方式向她推銷，那小伙子在她心目中，不論人品、長相、學問，都不會不及格。但一樁原要兩廂情願的事情，硬仗著有權有勢往她身上壓，好像對她還是一種大恩大德，就使她渾身不舒服，拗勁一來，即使無人可嫁，也不會接受他們那份恩德。

「是的，董事長。」

「還沒下班嗎？」

「五點半鐘還沒到嘛。」她抬頭看看掛在牆上的鐘：「我還要清理一些文件，清理好了才能走。」

「早早下班吧，早點回家休息，沒有要緊的事情，明天再辦也不晚。我打電話給你的意思，是問你一聲，世平明天下午回來的事，你曉得嗎？」

「他在長途電話中跟我說過。」

「你知道了就好，那就這樣好了，明天國泰班機到達中正機場的時間是下午一點半，你在明天下午一點鐘，到樓下來，我們一道去機場接他。」

四

孫德芳一聽就怔在那兒，她既然對李世平沒有意思，就不應該去接機。那樣會把問題越弄越複雜，讓人誤解她真有意做這個家族的小媳婦。同時她還要利用中午那短短的時間，到對面的龍吼西餐跟朱鵬一道廝磨；那也是她每天忙碌中，最愉快安逸的時刻。她不願讓那種無聊的事情，把這段可愛的時間佔走。

於是她想了一下說：

「我可能無法陪你去機場，董事長。我們這次銷往德國那批貨，出了一點小問題，你是知道的。我已經約好綠野公司的朱經理在明天中午碰面，設法解決那個問題，所以沒法子去接李先生，還請董事長向他解釋一下。」

「既然你有重要的事情，就不必去了，我會跟世平說明的。不過這樣子，我跟內人週末晚上在金龍大飯店給世平接風，你也是主角，一定要來參加。那我們現在就講定了，到時候我會要世平去接你。」

她正要再找理由婉辭時，老闆已經把電話掛了。她一時懊惱的在那兒呆住，照情形看，她只有硬著頭皮，去參加這個尷尬而不愉快的宴會了。

她把那椿煩惱從辦公室帶回住處，又帶到她床上，使她幾乎一夜沒睡，連牆上那只小壁燈好像也跟她做對，她越討厭它，它越亮得刺眼，恨得她抓起床頭櫃上的小鬧鐘，猛向它砸過去，砰的一聲，屋裡暗了，也變得死寂。

在那種死寂中她打了一個主意，她要在明天中午好好跟朱鵬談一下，問他到底做何打算？有可能的話，她就不去參加老闆給李世平接風的宴會，她不想再賣那個面子，也不必為了保住那個飯碗，老在他們面前穿著小鞋走路。

她可以辭職，四萬多塊錢的薪水沒什麼了不起，以她在貿易方面的能力，在別處照樣可以找到那種待遇的職位，甚至比它高的。再不然就協助朱鵬把他那個小工廠弄好，直接拓展外銷，創出一番轟轟烈烈的事業。

五

當她吸過第三支香煙的時候，屁股下那張軟柔的大紅絨沙發，就變成一堆尖尖的刺，刺得再也坐不下去，一推面前那份只吃幾口的快餐，站了起來。沒想到她在龍吼西餐廳乾耗了一個多鐘頭，連朱鵬的影子都沒見到，怎麼回事呢？他倆每天中午在龍吼見面，已經成了一條不成文的規定，事前用不著任何聯繫，按時前往，就一定會碰到對方。在那頓愛的午餐中，雙方除了愛的語言外，也會談論到朱鵬那個小工廠的業務情形。只有在某一方因事不能前往的情形下，才會給對方一個電話。

可是朱鵬沒來電話呀，他究竟有什麼重要事情？忙昏了頭，讓她跑到那兒乾等。

一回到辦公室，他的電話竟來了。

「喂！朱經理，你到底有沒有誠意解決那個問題？怎麼我等你那樣久，你都不來？」她不願讓辦公室的人曉得她跟朱鵬之間的情形，所以在電話中，總是一本正經。但因雙方都有默契，因而她講什麼，對方都不會介意。

「你今天中午不是有事情嗎？」

「我有什麼事情？如果有，我也會打電話給你。」

「聽說你要去中正機場接機，所以我才沒去。」

「那你還打電話來幹什麼？講那種話多麼無聊。」她不自覺的把聲音提高，心頭的氣直往上冒。

「你既然說我無聊，那就這樣好了，星期六下午我們一起好好聊聊，我覺得我們有好多意見不同的地方，應該溝通一下才是。」在她耳朵裡，朱鵬的口氣雖然十分鄭重，也帶有一股令她刺刺的感覺。

照她昨晚的計畫，今天中午就打算跟朱鵬談那個問題，現在聽朱鵬的口氣，好像他明天中午都不準備去龍吼，她心頭雖氣，也不願當著許多人的面前跟他講什麼。可是他邀她在週末下午見面，她心頭的火就冒得更高，顯然他已經曉得李世平的歸來，以及週末晚上老闆夫婦邀她參加給李世平接風的宴會，便吃起醋來，故意拿話來刺她，又故意邀她週末出去，給她難題。但他吃的是那門子乾醋，他了解事實的真象嗎？了解她的心嗎？就那般直冒醋泡？她才不吃那一套。所以她雖不想去金龍大飯店參加宴會，也不會委曲求全的遷就朱鵬，她要好好彆一彆他。

「不行，週末下午我有事情。」

「你有什麼事情？不能改期嗎？週末下午我確實有很重要的事情，誠心誠意的邀你出來。」

「我說不行就是不行，沒有辦法改變。」她的話剛強果斷得像刀子切的一樣，她在金牌的成功，爬升得比任何人都快，就是由於她這種果斷的毅力。

「我也知道你有什麼事情，要不要我說出來？」

「你說好了！」她氣起來，不在乎的說。

「因為李世平回來了，你跟他星期六有約會，要陪他出去玩，我講的沒有錯吧？」

她砰的一聲把電話掛掉，便坐在椅子上生悶氣，心想你朱鵬在我面前，神氣個什麼勁。其實李世平也罷，朱鵬也罷，都不能算孫德芳第一個男朋友，因為在他們兩人前面，跟她比較要好的男孩子，起碼有五六個，最早的當然是陳東盛。雖然那幾輛愛情花車中的任何一輛，把她載進禮堂裡，她都是幸福的，無奈一輛一輛都在半路拋錨。

六

一次一次的失敗，也傷透她的心。為此她不知有多少次暗自思量，那是她的錯嗎？

她相信她沒有一點錯，她對愛情絕對忠實，一直把它神聖的供奉心頭。何況她也是一個漂亮的女孩子，見到她的人，沒有誰不讚美她的身材纖穠合度，面目嬌媚，風度和氣質都是一等一的。唯一讓她越來越懷疑的，是不是她對愛情的要求過高？那也不算錯呀，自己既然願意無條件的為愛情奉獻，當然要選一個各方面都合理想的人，要是隨便抓個爛蘋果就當作寶，豈不是太吃虧了。

可是說理想，朱鵬就合她的理想嗎？孫德芳心裡也明白，他跟她從前那幾個男朋友比起來，還差一大截。只是她現在對於愛情，在取捨上已變成一種無可奈何的心情；她已三十歲了。

一個三十歲的女人，對愛情還能像過去那般挑挑剔剔嗎？就算不挑剔，以她那種事事爭強好勝的性格，也不會迫不及待的亂抓一通，而是她在朱鵬身上能得到一種成就感。原來朱鵬經營的那個綠野公司，是金牌貿易公司的供應廠家之一，起初所有的業務都是屬下的人員經手，她跟朱鵬只在電話中交談過幾次，連他老兄是什麼模樣都不清楚。有一次一家英國進口商，寄來一只貨物樣品，要金牌在台灣打樣報價。他們便把那個樣品交給三個廠家去做，結果樣品打出來，以綠野做的最好，報的價格也最有競爭性。只是樣品的外觀仍不夠細緻，必須做某種程度的修改；無奈業務人員跑了三、四次，仍無法使她滿意，她便親自到綠野去找朱鵬，並在工廠裡盯著他們改正。

「我跟你說，朱總經理，這樁生意你絕對不能把它弄砸。只要樣品能過關，價格能競爭過其他地區，就有得你做的，十五萬打，每打以六十塊美金計算，你算算該有多少賺頭。」她很鄭重的對朱鵬說。

「我清楚，孫經理，所以我們一直很努力的在跟你們配合，你們要我們怎樣改，我們就怎樣改。照你的看法，我們能夠得這個單子嗎？」朱鵬委曲求全的問她，那麼高的個子把腰彎下來，就像一隻大蝦。

「據我得到的消息，他們這個東西曾丟到六、七個地區去打樣，遠東地區包括了韓國、台灣、香港、新加坡。所以在價格方面，你還是應該考慮考慮才是，像這樣一個大的單子，接到手裡就夠你吃的。」

「再低就不夠成本了。」

「我已經給你們計算過了。」她精明的把黑眼珠骨碌的一轉：「你們的利潤絕不會低於百分之十五，其實像這種訂單，能有百分之十就夠好了。」

「沒有那樣多啦。」

「你別瞞我，我比你內行。」

「小工廠嘛，資金缺乏，買原料比人家貴。」

「那就應該密切跟我們合作，別扯我們的腿，我們會支持你們綠野的。就把這個單子的價格再降百分之五，把這個訂單搶到手。」她雖似跟對方商量，語氣中卻有股不容對方討價還價的決斷。

「那就聽你的吩咐了。」

朱鵬說那句話時，把腰又輕輕彎一下。於是她不自禁的笑了，她就喜歡別人聽從她的意見。可是她再向朱鵬望去時，由於他站的地點是在辦公室一個角落，光線十分幽暗，使他那瘦高的身影顯得孤單空寂，在低沉靜默的眼神中，又隱含著一股極深的憂鬱，好像有塊沉重東西壓在心頭。

她畢竟不是那種逼人上吊的女人，看到那情形，就立刻在心頭打了一個轉，他的憂鬱是什麼？有什麼東西會把他壓成那樣子？莫非生意上有什麼困難？不會是剛才她殺他百分之五的價錢太狠？於是她對這個神色憂鬱的男生，驀地泛起一份同情，覺得她應該幫助他才是；她相信她有能力幫他把這個小工廠發展起來，會成為一個很好的事業，只要他肯聽她的話就成。

突然一抹警覺滑過她的心際，她不是又犯了爭強好勝的毛病？她連忙整整身上的衣服，把眼瞼垂下來，掩住那股鋒芒畢露的眼神，不就是一個溫柔可愛的女性。

七

「你太精明強幹了，德芳。」

「精明強幹也算缺點嗎？媽媽。」

「如果是一個男人，精明強幹會是一種優點。但對女人來說，還是不要鋒芒太露的好。你想那一個男人會找個比他能幹的太太。你現在既然第一個目標是結婚，就不能太剛強，也不要事事非要壓倒男人不可；要能把你的剛強變成溫柔，你明天就可以嫁出去。」

那是她有一次回家，母親跟她講的話。她當時曾激起好大的反感，可是後來想想，母親的話也很對，他以前那幾輛愛情花車，所以中途拋錨，可說全是她的驕傲把車輪卡住，無法再向前開動一步。現在對於眼前這個男人，她雖然沒有任何感情，還是暗中警告自己，別再犯那個會把男孩子嚇走的老毛病。

那個單子還是被金牌貿易公司搶到手，由於數量大得不是綠野那種小工廠能夠單獨吃得下，但也得到三分之一的訂單，由金牌開出國內信用狀，分批交貨；這樣也把綠野弄得手忙腳亂，除了自己拚命趕工外，還得另外找代工。而孫德芳在綠野出第一批貨的時候，並親自出馬驗貨。

她為什麼要親自去做這件事？只有她自己明白，是由於她那天在綠野見到朱鵬那副孤單空寂的樣子，心中十分不忍，好像對金牌加給他的那份壓力，不勝負荷，她絕不能眼看著一個對她言聽計從的大男人，在她面前倒下去，便不知不覺對他產生一種關切，正好藉著驗貨的機會，去看看他跟那個小工廠，看自己能夠給他什麼幫助。

朱鵬的可愛處是能夠完全照著她的意見做，她驗貨的結果，雖不能說每件東西都毫無瑕疵，但所有的缺點，都在可以接受的範圍以內。

「如果有什麼需要改正的地方，孫經理，你儘管不客氣的指出來，我們一定馬上改。」

在她驗貨時，朱鵬一直站在她身畔，畢恭畢敬的聽後吩咐。

「很好！你們這批貨做得都十分好。以後每一批都做得這樣，就一點問題都沒有。」她是一個喜歡讓人抬在轎子上吃飯的人，該挑剔的也不挑剔了。

「你放心！孫經理，我們絕不會拆你的台。」朱鵬連忙陪笑道：「再說我們這種小工廠，也經不起大風大浪的沖擊，一步踏不穩，整個工廠就會垮下去。」

「只要你肯聽我的意見，金牌就會支持你。」

「那當然，有你孫經理一句話，綠野就不會垮。」

那話使她好受用，好像她有什麼奇妙的招數，在她那奇妙招數策劃下，沒有不成功的事情。可見朱鵬是一個多麼可愛的男生，如果能有一個這樣的男生在她身邊，聽她的指揮，她就可創出一份偉大的事業。

「謝謝你對我們幫那麼大的忙，孫經理，今晚我作個小東，請你吃個便飯。」朱鵬在她驗完貨時說。

「不是跟業務連在一起的宴會吧？」

「純粹是表達私人的謝意。」

「那就卻之不恭了。」

八

默默的等，
輕輕的問，
誰來安慰我的心？
時時盼望，
切切找尋，
誰是摘星的人。
月光沒留下一條印，
彩虹沒留下一條痕，
摘星的人，
摘星的人，
何日領我下凡塵？

他們吃飯的地點，是在一家西餐廳，當主菜剛端到他們面前，一個手拿麥克風的歌星，唱著搖擺著走到他們身邊。她一時感到很開心，便放下已經拿在手中的刀叉，隨著歌星的聲音哼起來，那情景使拿著刀子正在作勢切牛排的朱鵬，不由己的把目光轉向她。

「我唱的不成腔調，對不對？」她停止哼下去笑道。

「好極了，我沒想到你的歌唱得那麼好。」

「所以你才感到很驚奇，以為像我這樣的人，唱起歌來只是亂哼亂叫罷了？」她笑著望望朱鵬。

「我倒不是那個意思，我是看你工作的時候，那樣嚴肅認真，以為你的生活也是那樣。沒想到你的歌唱得竟那樣好，才驚奇你的生活竟然那樣豐富。」

「工作的擔子太重了。」她帶著一股疲憊的神態抬手攏攏髮，又長長的嘆了口氣：「我整天忙得，那裡有一點空閒輕鬆。其實我過去也是一個十分好玩的女孩子，在學生時代，我的歌唱是很有名的，也喜歡亂哼亂叫。可是自從進了金牌，工作一天比一天重，壓得我連喘一口氣都沒時間，那裡還有精神亂哼亂叫。」

「你也太辛苦了。」

「不辛苦怎麼成，不辛苦我就不會有今天。現在我不論到那兒，都可以不靠任何人獨立起來。」她說著便把頭昂得高高的，聲音也高了幾度。

朱鵬的眼瞼垂下去，眸子的光彩也消失。

那情形當然逃不過孫德芳鋒利的眼睛，心頭錚的響起一聲警覺的鐘聲，她的老毛病又犯了嗎？又把她的鋒芒蓬上天空嗎？把面前這個大孩子嚇壞？於是她一收斂臉龐上的光芒，翹起嘴角溫柔的嫣然一笑。

「談談你吧，你好像很憂傷似的？」

「我不想談那些事情。」

「是生意上的困難嗎？」

「有一點點，但沒有多大關係。」

「我是跟你說真心話，朱經理，如果你在生意上真有什麼困難，我真的願意幫助你。」

「真謝謝你，孫經理。」他眼裡又燃起光彩：「如果我有困難，一定會去向你請教。」

「那我祝你事業成功。」她又對他嫣然一笑。

九

既然不想去參加李世平的接風宴會，又賭著氣不赴朱鵬的約會，到哪裡是好呢？總不能待在屋裡等李世平來接時，再找理由推脫。那就回家吧，她已經有兩、三個月沒有回家了，也該回去看看整天為她牽懷掛腸的父母姐妹。記得她剛來台北那段時光，幾乎每個週末中午一下班，就匆匆忙忙往家裡跑；雖然回到家裡已經是晚餐時分，第二天中午又要往台北趕，留在家中的時間還不到二十個小時，她仍興沖沖的跑得渾身都是勁。

後來她戀愛了，男朋友佔走她的週末跟星期天，回家的次數就少了，父母姐妹卻能從她回家的節奏上，看出她的愛情高潮或低潮。到了現在，她不僅對愛情感到疲倦，對回家也疲倦，在週末或星期天，她寧肯獨自關在屋裡啃寂寞的苦果，也不肯回家一趟。

當孫德芳星期一到達辦公室時候，情況是可以預料得到的，老闆罩著一臉寒霜丟給她一句話：

「孫經理，沒料到我們這個池塘還是太小了。」

她一點悔意也沒有的把頭一昂，好像把老闆那句言詞輕輕一扛，就扛到肩上了，不感到絲毫壓力。她絕不吃那一套，李世平就是一個用金子打的人，也不能那樣一廂情願的硬往她身上塞，於是當老闆離開辦公室後，她便撥了一個電話給朱鵬，約他中午在龍吼見面。

「我馬上就要離開金牌了。」當朱鵬到達龍吼西餐廳時，孫德芳開門見山的說。

「怎麼可能呢？」朱鵬感到意外的一怔，用將信將疑的目光望望她問：「你星期六不是跟李世平見過面嗎？為什麼要辭職？有其他的變化嗎？」

「我沒去參加那個宴會。」

「你到哪裡去了？」

「我回家了。」

「真的嗎？德芳。」朱鵬兩眼緊緊的瞪著她：「那你星期六為什麼不出來跟我見面？」

「你想你用那種口氣講話，我會出來嗎？」

「也許我那天誤解了你，說話有點過分。可是你的個性也太強了，根本不給人家解釋的機會。」

「不講那些了，朱鵬。」她把姿勢坐正一下：「那已經過去，我現在馬上就是一個失業的人了。」她望著他為難的遲延一下，還是用力把強烈的自尊心壓下去：「你到底打算怎樣做？要不要我來協助你？」

「可是……」朱鵬帶著一股懊惱痛苦的神態與音調，把兩手往面前的餐檯上一放，過了一會，又改口說：「沒想到事情會有那樣大的變化，真叫人……」

朱鵬那動作使她感到一楞。他從來沒像此刻那樣懊惱不堪。再仔細看一眼，她就明白了，在他手指上多了一枚嶄新閃亮的白金戒指。事情已經擺明在那兒，她也不願問他究竟怎麼一回事，怎麼說變就變？但一份培植那麼久的感情，就在一兩日之間變得支離破碎，也夠她傷心。

「其實我自己也知道，我不會到你那兒去，我只是在這裡對你講一聲。」她忍著悲痛又把自尊猛力一拉。

「你準備到哪裡去呢？」

「我想我下一個工作不會比金牌差。」

「那我祝福你，德芳。」

「我也祝福你。」

回到辦公室她就向老闆遞了辭呈，老闆也在當天把它批准，限定第二天就辦妥交接，而接這個職位的人，就是李世平。當她把批准的辭呈拿在手裡，再看看金牌貿易公司那種欣欣向榮的景象，心頭更悲哀的悽悽的流淚，金牌能有今天這樣好的成就，完全是她用心血和青春堆積而成的，她如今卻落得什麼都空空的。但在她的表情上，只是一片冷漠與傲慢，誰也看不出她心痛得幾乎絞在一起。

到哪裡去呢？

到哪裡去呢？

回去嗎？

回到陳東盛身邊？

她知道那是不可能，永遠都不可能，雖然她知道回到陳東盛的身邊，一定會十分美滿，也會非常幸福。可是不可能就是不可能，這就是人的缺點，儘管大家都口口聲聲的追求幸福；而有時候幸福就在手邊，卻碰都不願去碰它一下。為什麼？找解釋嗎？只能說人原來就是一個自我矛盾的動物，越解釋會越胡塗。

第二天她辦完金牌貿易公司的交接時，已經是晚間七點多鐘，所有的職員已經全都下班，李世平虛情的要請她吃飯，她冷笑的謝了。當她把一些私人什物放進一個旅行袋，提著下樓時，突然黃行義不知從那裡鑽出來，搶過她手裡的旅行袋幫她提。她一時心裡好感動，金牌的人畢竟不是個個都是冷血，仍有有人情味的人。可是走出電梯的時候，她卻茫然的站住了。感嘆的對黃行義說：

「我真不知道到哪裡才好，黃行義。」

「經理還沒吃晚飯吧？」

「哪裡有時間吃。」

「那我請經理吃個便飯。」

「我請你。」

「今天應該我請你。」

「為什麼？」

「我替你抱不平嘛，哪有這種道理，你替金牌出了多少力，才使它有今天這個規模。哪知他們非但不感激，還說要你走，就馬上趕你捲行李。所以我知道你心裡一定不平靜，就應該找一個靜一點的地方，讓你靜一下。」黃行義講得一副入情入理的模樣。

「好吧！你既然這樣說，我就叨擾你一餐，以後有機會我再請你。」她不願跟黃行義去爭。

但在走向黃行義為她送行的那個小館時，孫德芳見到人行道畔的路島上，開著大朵大朵的杜鵑跟玫瑰，被路燈照出一片豔紅，她停下來望著那片奼紫嫣紅讚美的說：

「這些花開得好美啊。」

「對！確實漂亮。」黃行義習慣的口吻附合。

「它什麼時候開成這樣子，我怎麼不曉得。」

「已經是春天了，它開了好久了。」

「你看我胡塗不胡塗？黃行義，春天來了都迷迷糊糊。我真不知道整天都在窮忙些什麼？早知道如今是春天了，我怎樣都得好好出去玩玩。」

「是的！人都應該把握住春天。」

她吐了一聲只有自己聽到的嘆息。

那是一頓使她十分愉快的晚餐，黃行義的每一句話都說在她心坎裡，當她把身體斜倚在黃行義的肩上時，也感到極大的溫暖與安全，她曾一再的問自己，難道她又戀愛了，會愛那樣一個男人，可是她立刻警覺的告訴自己，黃行義絕不是她的理想對象，她絕不可能嫁他；他太沒有骨氣了，也沒有任何能力，只會鞠躬哈腰，做一個應聲蟲。她曾有一次還想把他裁掉，現在卻偎在他的懷裡，讓他軟玉溫香抱個滿懷，不是很滑稽的事嗎？

也許真是春天到了，春天是一個使人迷惘的季節。

就像她剛才看到那些杜鵑，那些玫瑰。

她在此刻又是什麼呢？

她什麼都不是，她只是一個女人。

黃行義也只是一個男人。

在半年後她跟黃行義走進結婚禮堂時，有人開玩笑的問黃行義，他用什麼法子把這條別人都釣不到的大魚弄上鉤？黃行義便得意洋洋的回答：因為她是一個女人，需要一個男人，而他就是一個男人。

這時罩在白紗裡的新娘子，臉上是一片冷漠。結婚真的是女人的春天嗎？她感覺不出來。這春天會帶給她什麼快樂？

她唯一能確定的，她以後再也不用聽那些惱人的語言。

你該結婚了。

什麼時候喝你的喜酒啊？

要快啊！

那麼對她來說，好歹總是一個春天。

一九八二年四月十二日刊載於【自由時報】。

花落知多少

一

那片雪野一眼望過去，只是一片漫漫無際，在陰暗天光下，閃著晶光的灰白。那帶高出雲表的群峯，在掩入濃厚的雲層之後，荒野就變得茫茫蕩蕩的空曠。那種「千山鳥飛絕，萬徑人蹤滅」的死寂景象，帶給天地間那份混沌荒莽，就像罩在一個黑暗無邊的大罩子裡，低沉得緊壓在頭頂，更大的風雪隨時都會劈頭落下來似的。因而我跟朱書中這兩人三騎，就不得不快馬加鞭趕路。心頭也禁不住好氣又好笑，幹嘛要貪這幾里路程的便宜，放著好好的大路不走，來走這條羊腸小道；並且還天真的想，在這種荒無人煙的所在，雪野未經任何破壞與踐踏，景色一定很美，可以一路緩轡徐行，好好欣賞欣賞那種天地一籠統，而纖塵未染的銀色世界。卻未想到我們那種得得蹄聲，不同樣震碎了這個清純世界的寧靜，踏毀那片銀色夢境，給那個空靈的山野帶去了塵俗。

這且不說，哪知我們岔入那條崎嶇山路不久，就發覺情形有點不對，面前這塊荒涼山野，不僅全部埋在皚皚無邊的雪堆裡，道路也被雪封得神龍見首不見尾一般。為了找尋那條斷斷續續時隱時現的山路，只有一腳高一腳低的在雪野中亂碰亂撞，哪裡還有閒暇的心情來賞雪。尤其在過年以後，荒野上西風驟起，挾著地面的細碎雪粒，像沙子一般浮浮揚揚沒頭沒腦的亂掃，迷得人連眼睛都睜不開。如果再來了更大的風雪，不把我們迷途在這茫茫無邊的荒涼雪野中才怪。

為了走快，我跟朱書中懶得在積雪中東尋西覓的找路，乾脆朝大路的方向取直闖去，只要能再回到大路上就好。可是我們走上一處亂石崩雲般山崗時，舉目四眺，想找尋一處平坦地面行走的當兒，驀地發現在遠處的雪地上有一個小黑點在踽踽而動。但因隔得太遠，看不清究竟是什麼東西，唯一能夠確定的，那不是一個人。因為在這雪後初霽天寒地凍的時節，不可能有人跑到這兒。

不是人又能是什麼？也不可能是樹木石塊。由於它會動，就是一個活動的生命無疑。

「狼！」朱書中一眼就看出來。

「對！狼！」經朱書中這一講，我也恍然大悟。在這荒涼的冬野上，除了狼會在這兒活動覓食，其他的弱小動物，是不敢公開在這毫無遮掩的雪地上行走。

「我們捉牠去。」朱書中興趣來了，大聲的叫道。

「走！快一點才成，別讓牠溜掉。」

我們為什麼對狼那般興致勃勃，那是狼在所有動物中，是屬於聰明狡猾的一類；而又貪得無厭，獵食的目標包括了人獸牲畜，使用的方式又能精巧的把握人性跟獸性的弱點。因而人們對牠的貪狠又氣又恨，又不得不佩服牠的聰明；所以在獵取牠的時候，除了狩獵的刺激外，還有一種人獸鬥智的趣味。

在疾馳中，我跟朱書中那兩騎雖然奔騰飛揚，踼踏得雪花四濺。

另一匹因為沒人乘坐，只馱載著一些雜七雜八的光屁股馬，反而落後了。我們只有緩下來，把那匹馬夾在我們那兩騎中間。馬是通人性的，牠那種爭強好勝的性格，比人尤甚，因而就不再甘落下風。可是我倆出門辦事，除了自己的坐騎外，還累累贅贅帶著一匹空馬幹嘛？那是我們這支特勤部隊駐防的地點，是在西北黃土高原上一個廢棄的古堡內。那個古老雄偉的建築，也許在多少年前，曾經風雲一時，在中國歷史上擔當過重要角色；無奈而今英雄老矣，那高牆厚壘，都坍圮成殘磚碎瓦，一副荒草萋萋的淒涼景象。並且那兒的名產，除了風沙，還是風沙，於是居民也少之又少，我們連買點日常用品，都得跑到十幾二十里之外，有時還會撲個空。為了解決生活枯燥，我們每人每個月都會有三天假期，到當地的縣城內逛逛玩玩，吃吃館子。由於打那兒到縣城，有一段相當遠的路程，許多不願動的人，便放棄外出渡假的機會，所需的日用品，請前往縣城的人代為採購。因此在接受委託太多的時候，都會帶一匹空馬前往，以便回程時馱載物品。

我跟朱書中是在前天下午到達縣城的，由於這是我們第一次前來，人地生疏，找了一個澡堂洗個澡，再到館子裡把快要淡出個鳥來的嘴巴好好油了油，就已經天黑了。到了昨天，我們本想各地逛一下，再好好吃兩餐，朱書中甚至打算找一個地方，把在古堡中差點悶出的那股火兒洩掉。怎奈這座小城，地處荒涼高原地帶，又逢天寒地凍季節，市面十分冷清。偏偏我倆身上又帶著槍枝，對那些民風淳樸的人們來說，是十分惹眼的；致使我們走到那兒，背後都帶著一大群奇異的眼光，弄得我們心頭也怪怪的，十分不自在，就玩的什麼趣味都沒有。更惱火的還是朱書中，他不僅原先的火兒沒洩成，反而更惹了一肚子騷。因而把同事們託付的事情採辦齊全後，今天一大早往馬背上一馱，就打道回府了。

二

照說狼是最機警不過的動物，牠如果見情況不妙，就撒腿溜之乎也。現在情形也怪，我們三騎在雪地上奔馳得嘩啦啦響，牠竟充耳不聞，依然在雪野上緩緩而行。這時雙方的距離已經近得多了，我們便再仔細的一打眼，那個黑影子竟不是一頭野狼，而是一個行人。

在這兒見到人，我便不自主的舒出一口氣，欣然的向前馳去。既然有行人，就一定有路，我們就不必像先前那般，為了從雪堆中找尋那條羊腸小徑，弄得暈頭脹腦，在漫山遍野中亂碰撞，都走的不對頭。

「你先別太高興了、老高。」朱書中在這一帶待得比我久，經驗老道，潑我一頭冷水的說：「我看還是小心一點才是，說不定那人是土匪什麼的。」

「土匪？這樣的大冷天，土匪到這裡幹什麼？連戶人家跟行人都沒有，他能搶劫什麼？」

「到這裡避風頭，不可以？」

「那就對我們無礙了，他避他的風頭，我們走我們的路，大家互不相干，有什麼好怕的？」

「你講得倒輕鬆，你知道嗎？做賊心虛，你這樣嘩啦啦的衝上去，他怎會不起疑心。再說你講不相干，他們卻不那樣想；他們認為被人見到了，就有走漏風聲的可能。」

「那我們也不怕他呀。」

「防著一點還是好啊。」

但再馳近一段路程的時候，發覺事情更出人意料，因為那個人竟是一個年約十三、四歲左右的小孩子。他身上背著一個沉重的大布袋，壓得佝僂著腰，步子蹣跚蹇跛，好像拿一步都很艱難。他見到我們時，便在雪地上站住，背上那只布袋也順勢從他身上滑下來，噗哧一聲把雪地砸出一個大坑，顯然裡面裝的是豆麥之類的食糧，才會那般重。也難怪他會連半袋糧食都背不動，他的身體也實在太弱，只見他的臉色乾黃，渾身瘦瘦的，一副枯細的骨架子，彷彿風一吹就會倒；因而他瞪向我們那雙眼睛，就顯得特別大。

「小弟弟，你怎麼到了這裡？是不是迷路了？」在他身旁勒住馬時，我向他奇怪的問。不過我已經發現他對我們充滿疑懼，便儘量把語氣放平和。

「沒有迷路哇。」他也奇怪的看看我。

「那你到這裡做什麼？」我接著問。

「我要回家呀。」小孩子理所當然把眼一轉。

「回家？你的家在哪裡？」朱書中看看面前這個小孩子，又掉頭向四周的漫漫雪野掃了一眼。

「我的家就在這座山外面。」小孩子伸手一指。

「這裡連路都沒有，你怎麼到了這裡？那座山要爬上去很費力啊，你背著這麼重的東西，能走得動嗎？」朱書中的目光又在小孩子身上打了兩個轉。

「要到山外面，不要走山上的，那裡沒有路。路是在山腳下，順著這個山腳轉幾個彎，就可以走出去。」隨著小孩子的手指處，果然有一條綽綽約約的小徑，順著山腳向山外蜿蜒；只是被雪掩埋得，不注意看不出來。

「你這裡面是什麼東西？從哪裡弄來的？」

「老爺！老爺！這裡什麼東西都沒有，只是一點點包穀。求求你！老爺！你不能給我拿走啊！那是我剛從大伯伯家裡借來的。你們要把它拿走了，我跟我媽媽就都會餓死的。」在朱書中問他布袋裡是什麼東西的時候，語氣是重了一點；哪知就那樣兩句重話，就把這個小孩子嚇昏了頭，連忙兩腿一彎，就跪到雪地上，接著一手緊緊抓住那隻布袋，一面搗蒜般的向我們磕頭。

這一來也把我跟朱書中弄慌了手腳，趕緊跳下馬，把他從雪地上扶起來，安慰他說：

「小弟弟！別怕！別怕！我們不是壞人。」

「那你們到這裡做什麼？」他反問我們了。

「我們是路過這裡的。」我接過口說：「要到大路上去。可是老遠看到一個小黑點在這裡走動，以為是一隻野狼，才跑過來看看，哪知是你在這裡走。那我問你，在這樣的大冷天，你一個人在這荒山裡走，不害怕嗎？再說你背那樣重的一袋包穀，能背得動嗎？」本來我剛見到他的時候，對他背著那樣一個布袋，並沒十分在意，對他的一切也沒表關切跟同情。現在經他那樣又跪又磕頭，又那般苦苦哀求，同情之心使油然而生。

哪知我那樣一問，就更糟，好像那些話是一根針，驀地戳到他的傷心處。只見他那張凍得發紫的臉驟然一變，眼裡便泛起一陣淚光，一顆好大的淚珠刷的滴下來。

「小弟弟！小弟弟！你怎麼了？」把一個好端端的小孩子弄哭了，我是有點手足失措。

「我……我……」他哽咽得講不出話來。

「說啊！說話嘛！」我搖著他著急的說。

「聽我講，小弟弟，有話慢慢講，別哭嘛。」朱書中也跟我一樣，兩人雖然天不怕地不怕，刀裡槍裡都有膽量闖，但對這個小孩子的哭，我們就像抓了一個燙手的山芋，慌得不知如何是好：「你儘管放一百二十個心。我們絕對不是壞人，不會把你的東西搶走的。」

「我哭的不是這個呀。」

「那哭的是什麼？」

小孩子仍傷心的講不出話來，一勁在揩淚。

朱書中在一旁就更急，用力搖搖他說：

「講呀！講呀！到底是怎麼回事？你告訴我們，只要我們能幫你的事情，一定會幫你。」

「我是因為那位先生問我，一個人在這裡走怕不怕。」他抬眼向我望著說：「跟問我背那樣一袋包穀，能不能背得動，我才忍不住的哭起來。」

「這有什麼好哭？」朱書中把兩手一張。

「本來我是不會哭的，不論它多麼重，我都會把它背回家去。可是那位先生一問，我也不知道怎麼回事，就忍不住要哭。再說我也真是背不動，我從今天一早就上路，走了這樣久，才走了一半多一點點路，累得腿都拿不動，不走又不成，才會突然那樣傷心。」

「那就奇怪了，你大伯既然能借包穀給你，他不是不知道你背不動，幹嘛不給你送到家？」

「我大伯伯不會到我們家的。」

「為什麼不會到你們家裡？」

「我也不曉得。」小孩子遲疑一下說。

「你的家在哪兒？離公路近不近？」

「很近，只不過三、四里路。」

「我們這樣好不好？老高。」朱書中掉頭跟我商量：「我們既然碰上這件麻煩，只有麻煩到底了，就把那匹空馬讓這個小弟弟騎著，包穀也放到馬背上，把他送回家去算了，只不知道他會不會騎馬。」

「我會騎。」小孩子不待朱書中問，就搶先回答。

「好哇！」我同意的回答，我現在什麼都不求，只求把那個燙手的山芋拿掉，就謝天謝地了。

於是我跟朱書中把原先放在馬背上的一些東西向一邊移了移，再幫小孩子把那袋包穀搭上馬背，讓小孩子騎上去。但在一個包包裡，有我們順路在上級單位領來的幾百發子彈，當我們移動的時候，發出叮叮噹噹的響聲，小孩子聽到，竟把眼睛瞪得大大的。

三

三人全上了馬，才由那小孩子帶路，轉彎抹角前進。在邊走邊談話中，我們才從小孩子口裡得悉他冒著這般凍死人的天氣，跑幾十里路去向他大伯借糧的緣故。原來這個名字叫做田廣平的小孩子，家裡只有母親跟他兩人，父親到哪裡去了，他母親跟他都不清楚；並且多少年來都沒回家一次，但每年都會寄幾次錢給他們母子過活，所以他們的生活雖苦，省吃儉用著，也還撐得過去。可是今年不知怎麼回事，本來照慣例，他父親在中秋節以前總會寄一筆款子給他們；而這筆錢正好可以維持到年底，下一筆款子也就會到，日子便這樣一步接一步支撐下去。哪知今年中秋節前，他們不僅沒收到父親寄來的錢，連封信都沒接到，弄得他們母子又牽掛又焦急，卻又無處打聽，生活又困頓，三餐難繼。照他的意思，早就想到他大伯家告貸了，也知道大伯一定會借給他們，可是他母親始終不肯。一方面她仍在盼望父親的款子，因為她堅決的相信，父親的錢早晚都會寄到；一方面是他母親的性格太倔強，不輕易求人濟助；尤其對他那些伯伯叔叔跟親友們，更不肯向他們開口。

田廣平這次之所以會去大伯家裡告貸，實在是家裡所有東西都典當淨光，父親的錢又遲遲不到，母親在迫不得已的情況下，才放他前往。其實他去的那個村子，是他們祖上世居的地方，不僅他的大伯住在那兒，另外還有很多伯叔兄嫂們；只有他的父親跟母親結婚後，才搬出那個村子，住到幾十里以外的地方。沒料到大伯見到他時，二話沒說，一把就把他緊緊抱在懷裡；並且那樣一個大男人，竟變得眼淚巴巴的，一時把他弄得沒頭沒腦，也跟著哭起來。本來他在幾天以前就得回來，怎奈他大伯一留再留，不肯放他走。每天都弄點好飯好菜給他吃，又要大伯母連夜給他趕製一套新棉衣，也就是他身上穿的這套；他雖一再向大伯陳說，怕母親在家裡不放心，急著要回去，都沒有用。直到昨天大伯母把棉衣縫好，穿到他身上，大伯才在今天放他回家，並親自幫他背著那半袋包穀，送出幾十里路遠；然後把袋子交給他，囑咐他慢慢走，路上要小心。另外還囑咐又囑咐，以後不論有什麼困難，只管去找他，他一定會盡力幫他們解決。

於是他背起包穀辭別大伯上路，可是他發覺，他走出好遠的時候，大伯依然站在原處向他張望；見他回轉頭，便伸高手臂向他亂揮亂擺。

聽過田廣平那番話，我跟朱書中都立刻明白他母親跟他那些伯伯叔叔之間，一定有一道很深的鴻溝；以致他父親在結婚後，不得不搬到很遠的地方。就像他這位大伯，儘管對他十分疼愛，與他有一種血肉相連的親情，見到他的時候，拿好東西給他吃，給他做新衣服；卻不肯要他們搬回村裡跟他們一起住。而送田廣平時，又只送到一個適當距離，就不肯再送；顯然是怕他到他們家裡時，會跟他母親見面。那麼這樁婚姻不是不幸，又是什麼呢？無奈我跟朱書中怎樣套問田廣平，他的回答只是搖頭。

「先生，你們是到哪裡呢？」田廣平在講過他去他大伯處告貸的經過後，又開始問我們。

「我們是回雞鳴鎮。」我只能告訴他一個大地方。

「你們是住在那裡呀？我到那兒去過呀。」

「對的，不過我們不是住在鎮上。」

「那你們是到那兒去過？買了這樣多的東西，好像還有子彈。」田廣平把眼睛向我們轉了轉。

「我們是專程到城裡買東西，才會帶回來那樣多。可是你怎麼會知道我們帶的是子彈？」

「我剛才聽到子彈嘩啦嘩啦響嘛。」

「你的耳朵怎麼那樣靈。」

「先生，你們的子彈送我幾粒好嗎？」

「你要子彈幹什麼？」我向田廣平看看，剛才他在提到我們馬背帶有子彈的時候，眼睛那種轂轆轂轆的轉法，就有點不對勁，好像他心頭有什麼鬼。

「子彈可以賣錢哪！你們知道嗎？先生，這裡一粒子彈能賣好多錢啊，你們要能給我二十粒子彈，就可以賣不少錢，我們今年冬天就不會沒飯吃了。」

「我們的子彈是不可以送人的。」

我很鄭重的搖著頭說，在這個地腳子彈就像金子一樣貴，我們怎會不知道。因為在這種地瘠民貧的所在，原就是匪盜淵藪，再加上年荒歲亂，兵燹迭起，所造的生靈塗炭，更是不計其數。於是謀生乏術或迫於飢寒的人，難免要鋌而走險，藉搶劫擄掠維生。因而在這兒不僅子彈很容易售賣，就是槍枝同樣能找到主顧，這些利器不但盜匪們需求孔急，出得起好價錢；另外有錢的人家，為了防拒匪盜，也都多方採購械彈。雖然那種生意不是公開叫價，但有門路的人見了面，打個手勢，用手指一比劃，就知道有貨沒貨，價錢高低，生意很快就做成了。所以在我們單位裡，槍械子彈的管制，十分嚴密，隨時都會清點；缺了一粒子彈，都要追查個水落石出。

「給我二十粒就好了。」

「不行！一粒都不可以。」我斬釘截鐵說：「你如果要別的，還可以商量，子彈是絕對不可以。因為我們這些子彈都是有數的，拿回去要全數繳出來，少一粒都不成。再說你拿去賣給土匪，麻煩就大了。」

「我不會賣給土匪呀，我是賣給有錢的人家，他們買了彈藥，是用來防備土匪用的。」

「不成就是不成，你怎樣說都沒有用。」

「給我嘛！先生。」他用膩膩的聲音撒起嬌來，纏著我跟朱書中非給不可。

「我只要二十粒呀，不多要啊。我們家裡很窮，你們是知道的，如今連飯都沒吃的了，跑了那麼遠路，才借到半袋包穀。如果我能有二十粒子彈，就可以賣好幾塊大頭。給我嘛！先生。你們可憐可憐我嘛！你們有那樣多，給我二十粒有什麼關係？」

「你這個小孩子怎麼搞的？」朱書中忍耐了半天都沒開腔，終於發火了，他把面容一整，眼睛朝田廣平一瞪：「怎麼不聽話，告訴你子彈不能送人，就是不能送，你囉嗦什麼？你怎麼耍賴都沒有用。我們是見你背著一袋包穀累得可憐，才好心好意讓你騎在馬上，送你回家，你竟得寸進尺起來，向我們要子彈，子彈是能送人的嗎？你要是再跟我們囉嗦，就把你趕下馬去，叫你自己走路。」

田廣平被朱書中這一吼，不敢再講話，可是兩個黑眼珠更不停的朝我們臉上轉。

我心頭立時提高警覺，並對朱書中低聲的說：

「要小心哪！這個小傢伙不老實啊！」

「他不老實又能怎樣？那麼小，還能吃掉我們不成？」朱書中看看田廣平不在意的說。

「你看他眼睛轉得，好像一肚子猴。」

「管他跟我們耍什麼心眼，反正想向我們要子彈，門也沒有；他的心眼再多也沒轍。」

我還是暗中留意那小傢伙，看他搗什麼鬼。過了一會，見他也耍不出什麼名堂，便不把他放在心上。

四

「快追！老朱。」我大聲的叫道。

「這小子那樣混蛋，想把我們的馬拐跑。」

「他不是拐我們的馬，是看上我們那些子彈。」

「就憑他那樣的小毛孩子，拐得跑嗎？」

「剛才我還跟你講，那小子眼睛亂轉亂轉，一定在使什麼壞心眼，你還不信哩。」我抱怨的說。

「他娘的！我就不信他逃得了。」朱書中驀地舉起手裡的卡柄槍，砰的一聲射出去。

「我們追就成了，老朱。別動槍啊！危險。」

我原以為田廣平那小傢伙即使搗鬼，也不過趁我們不注意的時候，偷偷摸摸我們幾發子彈。但我們那些子彈不是輕易就能摸到的，它放在一個紮緊的包包裡，綑在他屁股後面的馬背上，他要想從馬上拿取，必須轉回頭來費一番手腳才成；那麼除非我跟朱書中是兩個瞎子，絕不會看不到他搗鬼。因而我不僅沒再提醒朱書中，自己也故意不把他盯得緊緊的，而遠遠的冷眼打量他。那時我有一種欲擒故縱的心理，看他有什麼法術好施。

哪知在我跟田廣平的距離拉遠的時候，朱書中又在最前頭傻呼呼的搖頭晃腦看山景，走在當中的田廣平，突然把坐騎縱出小路，向旁邊一片雪景上走去。我在後面一時還弄不清情況，以為是小路難走，他要選平坦的地面行走。沒料到他一到那片平坦的雪野上猛然一鞭坐下的馬匹，把兩腿一夾，就刺斜的向雪野飛快馳去。我才醒悟出那小傢伙的目的，他是向我們要不到子彈，想把它全部拐走。於是我急忙一叫，同朱書中一齊撥轉馬頭向他追去；但我的坐騎縱出小路跟朱書中的馬掉頭的時間就需要一分半鐘，小傢伙就已經馳出好遠了。所幸我們那兩匹馬，載的只是人；而田廣平那匹除了人以外，還馱了很多東西，在上面晃晃蕩蕩的，就無法跑得快。照那種情形看，用不著多久一定能追得上。沒想我抱怨了朱書中一句，他竟忍不住開槍了，其實應該抱怨的是我自己，既然已經發覺情形不對，就該防患未然才是，偏要欲擒故縱的耍花招。

在警告朱書中不要射擊時，他的第二槍又響了。

「老朱！老朱！千萬不能開槍，我們一定追得上。」

「哈哈！你想我能打得到他嗎？」

朱書中不是自己笑他自己，事實也是那樣。老朱的為人，做任何事情都有板有眼，拿得準分寸，就是射擊方面，是我們單位的超特級射手。因為特級射手，是指哪打哪，不過準頭再高的人，也無法在靶場上槍槍都中紅心。而他這個超特級射手，卻是指哪打哪，彈無虛發，槍槍紅心。

「不論打不打得到，還是小心才是，子彈是不長眼睛的，我們只要追上他就好了。」可是在我說話的時候，朱書中又射出兩槍，聽到子彈啾啾劃過空際的尖叫，我就知道不妙。正要再開口阻止的時候，只見田廣平在馬上晃了晃，突然栽下馬來。

「糟了！老朱！快快快！你可能打到他了。」

「啊！我怎麼會打中他！我沒瞄著他打呀！」

「他娘的！你忘了你是超特級射手，瞄著他打一定不能打到，不瞄著他打，才會打到。」

「那怎麼辦？不知打中什麼地方？」

「趕快上前去看看再說吧。」

我們很快就到了田廣平栽下來的地方，只見他橫在粉白的雪野上，臉白得像一張紙，嶄新的棉襖上穿了一個洞，血就從那裡淌出來，流在雪地上。把那兒染成一片腥紅，並立刻結成點點冰屑。那匹空著的馬，猶自站在田廣平的身邊，望著他四蹄不安的踏動。

「小弟弟！你怎麼樣？」我跟朱書中一齊跳下馬，走到田廣平跟前關切地問他。

「我……」他用無神的眼睛望著我倆：「我對不起你們兩位先生，我不該想把你們的子彈騙走。」

「現在不必說那些了，都沒有一點用。你知不知道哪裡有醫生？我們帶你去看醫生。」

「這裡沒有醫生啊，我要回家。」

「如果這附近有醫生，還是去看醫生比較好啊。」

「這裡真的沒有醫生，找醫生要到好遠的地方。我哪裡都不要去，只要回家見我媽媽。」

我跟朱書中一商量，也知道在這種地方找醫生，實在太難；並且找到的醫生，一定是中醫，他們對這種槍傷可能也束手無策，還不如先把他送回家，再想比較妥善的辦法。於是我就在雪地裡脫下內衣撕開，把他的傷口紮好，再由朱書中在馬上抱著他；我把一些隨著他摔下的東西重放回馬上，便向他家中馳去。

五

那座小屋實在低矮得可憐，坐落在一個沒有幾戶人家的小村頭上。當我們到達門口時，馬蹄聲便驚動屋裡的人，只見門開處，走出一個身材很高的婦人。我跟朱書中立刻被眼前的情形弄傻在那兒；因為那位婦人，不是一個中國女人，而是一個有著一頭漂亮的棕髮，跟一雙碧藍閃光的眼睛；那個窄細的鼻子，在挺直中還帶著一股柔和的線條。她的臉色是憔悴了一點，神情中帶著一層很深的憂悒，兩個嘴角也痛苦的向下拉著，但都沒影響她那凝脂般的皮膚跟嫻靜高雅的神態。

「他怎麼了？他怎麼了？」她見朱書中兩手抱著田廣平，便急忙向他奔過來。

「他受傷了，太太。」

「他受了什麼傷？」

「被我的槍打中了。」朱書中愧悔的訕訕說。

「啊！你們怎麼打一個小孩子？」

「是這樣的，太太，我們是在路上見到他，見他累得很可憐，便給他一匹馬騎，哪知他竟……」

我見朱書中還要長篇大論的向田廣平母親解釋，但我覺得現在最急迫的事情，是怎樣處理田廣平的傷勢，便搶過朱書中的話頭說：「別講了！那些話以後再講吧，趕緊把他抱進屋裡，看看怎麼辦。」

經我這一說，朱書中才趕緊把田廣平抱進屋裡。

但小傢伙經過一陣顫動，已經昏過去了。

「天哪！你們好——狠——心——哪，會把這樣小的一個孩子打死。」做母親的見孩子變成那般模樣，便嚎啕的大哭起來，一時傷心得像斷了氣，半天才緩過來。

「太太！太太！你聽我解釋。」朱書中急忙說。

「不必說了，你們再有理，也不能打死人哪。」

「媽媽！不是他們的錯，是我對不起他們。」田廣平突然悠悠的睜開眼醒來。

「你怎麼了？」

「我想拐跑他們的子彈。」

「傻孩子！你怎麼可以做那種傻事？」

「可是有子彈就可以賣錢，我們就不會挨餓。」

「傻孩子！」做母親的猛力抱緊孩子：「我不是早就對你說過嗎？媽媽再怎樣苦，都不會使你挨餓。」

可是孩子不理會母親，口裡仍喃喃的唸著：

「媽媽！子彈！子彈！我們有子彈就好了。」

「孩子！你別講話，你要靜！」

「把我們的子彈先拿到他面前，安慰安慰他吧，也許會使他安靜下來。」我對朱書中說。

在朱書中把所有的子彈都放到田廣平面前時，他突然一伸手，就把它全部抱在懷裡激動的說：

「媽媽！好了！我們有這樣多的子彈，就可以賣很多的錢，以後就什麼都不用愁了。」

「孩子！孩子！」做母親悲戚的叫道。

驟然孩子的氣息一弱，閉上眼睛。

他是滿足了。

他永遠的滿足了。

「孩子！孩子！」

「小弟弟！」

「小弟弟！」

做母親的便哭得搶天呼地。

過了起碼兩個鐘頭，田廣平的母親才止住哭。我們不知怎樣向她表示歉意才好，便把去玩後剩下的錢全部拿出來，一面抱歉一面安慰她說：

「真對不起，太太，都是我們不小心，才出了這麼大的事情，這點錢拿給你，稍微表示我們一點心意。」

「不必了！我不會怨你們的，孩子在的時候，錢對我還有用；現在孩子死了，我要錢還有什麼用？」

「你還是要生活呀。」我提醒她說。

「我想我不會餓死的。」

「那你怎麼辦？」

「我不會在這裡等著餓死的。」

「那你到哪裡去？」

「我有我的去處。在過去，我因為有這個孩子，只有在這裡守著他，再苦的生活我都受得了，因為孩子就是我的希望；有希望的日子，苦裡面也有快樂。我現在什麼希望都沒有了，為什麼還要住在這麼荒涼的地方，受這樣的苦。所以你們那點錢，對我絲毫沒有用處，我要是要錢，我有辦法賺到很多的錢，過很好的生活。」

「這個小弟弟不是有一位大伯嗎？你也可以到他大伯那裡住啦。」朱書中指著躺在地上的孩子。

「你們沒看出，我是一個什麼樣的人嗎？」她突然抬起手來，指著她那個秀挺的鼻子說。

「看出來了。」我連忙說。

「那我還能去那裡住嗎？」

「為什麼呢？」

「因為我是外國人哪。」她又一指鼻子，可是接著又一聲嘆：「我要是能跟他們住一起，我先生跟我結婚的時候就可以住在那裡，不必跑到這兒來住了。其實我們家裡在俄國的沙皇時代，還是貴族哩，只不過在十月革命後被趕出來罷了；再說我的模樣，也不會醜到哪裡，哪一點也不會辱沒他們田家的門風。如果我不是厭倦了花花世界中那種燈紅酒綠的生活，想找一個老實的人嫁了，過一種安靜的生活，有錢有勢的人喜歡我的多得是，還用得著受這樣苦楚。沒想到他們田家竟因為我是外國女人，容不下我，不准我們住在那村裡。我也知道大伯對我們很好，時常暗暗周濟我們，像今天這半袋包穀裡面，一定多少還有點錢；不過他也只能暗中幫幫我們，要是我去住在他家裡，他也擔待不起。」她說完為了證實她所言不虛，便打開那袋包穀伸手到裡面抄了抄，果然抄出幾塊大頭。

聽了她的話，我們只有嘆氣的份兒。

「我們走了！田太太，過幾天我們還會來看。」這時天色已經暗下來，我們真該上路了。便不管她收不收那點錢，往孩子的懷裡一塞就告辭了。

「你們不要來了，說不定我料理過孩子的事情，就離開這裡了。不過你們放心，我不會怨你們的。」

我們過了四個月才有機會去看她，果然她已經離開那兒。因為我們到達門前的時候，發覺門都沒有關，屋裡也空空的，所有的布置陳設，還是我們那天見的樣子。並且那半袋包穀，由於她往外抄那些大頭的時候，撒了一些到地上，現在依然滿地星星點點。只是已經春天了，因為地面泛潮，有的包穀霉得變成一團綠毛毛，有的竟綻出了新芽芽，顯出一股欣欣然的氣息。

在門前的空地上，野草長得一片蓬勃。有一株花朵將謝未謝的桃樹，落枝都是零落的殘紅。

她到哪裡去了？我們站在門口望著漠漠的荒野想。在幾個月以前，這裡曾是一片肅殺的雪野，現在滿處都是一片油綠，而她卻離開了這兒。不錯，她說的對，孩子死了，她的希望也沒了。她不會留在這種荒涼地方的，再受那種苦。她有辦法去賺大錢，過好的生活。

難道她又回到燈紅酒綠的花花世界？

我驀地一想，我們何必去操那份心呢？她說過她自有她的去處，而對我們沒有一點怨懟，這不就是嘛——

春眠不覺曉，

處處聞啼鳥，

夜來風雨聲，

花落知多少。

就讓她自己走自己選擇的路吧。

我們不能管。

也不該管。

一九八二年三月二十一日刊載於【台灣新生報】。

父親

我家有一個很大的花園，在南湖莊來說，是當地最美的地方，裡面的花木跟草地都修理得十分整齊，絕沒有絲毫雜亂荒蕪的景象。能把花園保持到這種可愛的地步，父親管理嚴格是重要的原因。

因為父親是一個性格嚴肅的人，他那種冷峻的態度簡直像石頭一般硬，大家都說他沒有一點感情。特別是我們這一些晚一輩的孩子，對父親總是敬畏有加，能躲開時，都避免跟他照面。尤其嬉戲遊玩方面，更不敢讓他看到，那一定會挨頓嚴厲的責罵。在父親的心目中，遊玩就會玩物喪志。小孩子應該把全部的心智集中在功課上面，因此我們的花園雖美，卻不容小孩子在那裡胡鬧。並且也沒有誰肯去捋老虎鬍鬚，自己討罵挨。

我們平常沒事時候，都喜歡到財仔叔家裡聽他講故事或看他養的小動物。財仔叔的家庭環境並不好，替人做雜工維持生活。但那種工作不是天天都有，因此財仔嬸有時也得幫人家洗洗衣服，或做清掃房屋等工作，賺錢貼補家用。儘管如此他們的生活仍然很苦，因為家有三個孩子要養，那就是阿雄、阿祥、阿蘭。這三兄妹阿雄剛剛上初中，阿祥跟我是同學，阿蘭比我們低兩年級。

財仔叔家裡的生活苦歸苦，卻過得很快樂。並且財仔叔除了賺錢的本領差一點外，其他方面幾乎是天才，並且是有名的好脾氣。每當他講鬼故事的時候，前往聽故事的孩子會擠得滿滿一屋子，七嘴八舌的唧唧喳喳，他一點也不煩。大家越怕，他講得越有精神。他養的小動物，也都十分活潑可愛。另外他還有一張巧妙的嘴和一雙靈活的手，不論什麼流行歌曲，他祇要聽一遍，就會用口哨吹出來，絕對錯不了一點。同時他也會剪小人，用竹片紮各種動物。每年元宵節他都會紮一個燈籠送我，比市面買的都漂亮。然而父親對財仔叔卻有點瞧不起，認為他不學無術，辜負了一身好才氣，才會落魄到這種程度。

但那樣一個大好人，竟然很年輕就死了。這對財仔嬸的打擊很大，哭得搶天呼地。父親在財仔叔生前雖不甚理他，但由於同宗的關係，也送了一筆優厚的奠儀。

最重要的，是他們的生活更加困難。財仔嬸為了挑起這付家庭的擔子，祇要有錢的工作，她都去做，也不管體力能否勝任，因此她的背很快佝僂下來，也瘦了許多。阿雄兄妹也失去往日的快樂，把他們養的小動物全部送給別人。我本來想要那對可愛的小白兔拿到家裡養，但怕父親的責罵，終於打消這個念頭。

他們兄妹也設法幫財仔嬸賺錢，畢竟年齡都太小，體力不夠，沒有適當的路子。

我雖然也想幫阿祥，同樣無能為力。祇能把帶到學校的便當，拿來跟他的便當放在一起吃，使他分享一點我那較好的菜餚，也算盡了一番心意。

就在這時候，鎮上興起一種熱門生意，就是掘紅蚯蚓出賣。因為那是一種很好的釣魚魚餌，可以出口，貿易商到處搜購；鎮上也有一個專門收買的商店，價格也很好。他們兄妹當然不會放過這個機會，每天放學後，便帶著鋤頭、鐵鏟、膠桶，到處東掘西挖。無奈紅蚯蚓不像普通蚯蚓，處處都有。再加上大家都搶著掘，沒有多久，附近的土地就掘得像翻過來了一般，因而就不容易再掘到那種小動物。

有天放學後，在回家的路上阿祥突然問我：

「阿成，你們花園裡有沒有紅蚯蚓？」

「不曉得啊。」我說的是實話，因為父親對花園的土地，從不准我們亂掘亂挖。

「可能會有吧？」

「也許會有。」我不敢確實的回答，但我反問了一句：「如果有，怎麼樣？」

「讓我們去掘掘看，好不好？」他商量的問我。

「不行啊，我爸爸不會准。」

「我們不讓你爸爸看到。」

「他曉得了，還是會罵我。」

「可是這樣的，阿成。如果我們不掘紅蚯蚓賺一筆學費，我哥哥下學期就要休學了。」

「啊！」我吃了一驚。

「所以你一定要幫我們。」

「我怎麼幫你們呢？」聽到阿雄要失學，我心裡感到不忍。我跟他雖不是同學，也是好朋友，尤其他曾把財仔叔用竹片編的一個漂亮小狗送給我。

我是應該幫助他們。

阿祥又看看我們說：

「你祇要把我們帶進花園就好。」

我想了想，覺得這是義不容辭的事，我不能眼看著阿雄失學而無動於衷。於是便趁一個父親不在家的空檔，把他們兄妹三人偷偷帶到花園一角。那裡有幾棵高樹，使站在房屋門口的人看不到這邊。

他們到了那兒以後，馬上用鋤頭鐵鏟在地上亂掘，我也熱心的幫他們挖個不停。那是個悶熱的下午，蟬在樹上裂帛般的叫著，叫得人心頭好焦。可是每人都累了一身大汗，卻一隻紅蚯蚓都沒掘到。倒掘出了許多又粗又大的普通蚯蚓，在地上蜿蜿蜒蜒蠕動。

阿祥帶著失望的神色，揩揩汗奇怪的說：

「這裡怎麼會沒有呢？」當他的手往臉上一揩，泥土馬上黏了一臉，活像一個泥人。

「也許我們掘的地方不對。」阿雄同樣感到洩氣。

「要不要到別處掘掘看？」我問阿雄，覺得既然帶他們進來，好人乾脆做到底。

「我想這裡的泥土都是一樣的，別處也不會有。」

「不管嘛，再掘掘看。」阿祥還是不灰心。

大家便把掘過的泥土整平，站起來想到另一角；那個地點比較潮濕，或許會有那種小動物。哪知我們剛剛站直腰，便聽到一聲大吼。

「你們在那邊幹什麼？」

原來父親就站在房屋前面，在那裡朝著我們吹鬍子瞪眼的吆喊。大家這一驚非同小可，阿雄帶著弟弟妹妹也不顧我了，一溜烟的跑出園去。

我是跑不掉了，只有硬著頭皮向父親走去。

「誰把他們帶進來了？」父親厲聲的問。

我看看他，不作聲。

「又是你！」父親伸出的手差一點戳到我前額上：「我告訴你多少次了？不要帶小孩子到這裡玩，你都當作耳旁風。你帶他們來幹什麼？」

「來玩。」我囁嚅的說。

「玩！胡說！」父親的聲音又高了幾度：「你看看你那一身泥，都變成泥人了。他們剛剛跑的時候，還帶著鋤頭和鏟子，是不是來偷花的？」

「不是。」我搖著頭。

「那都是誰？」父親又向我瞪瞪眼。

「財仔叔家的阿雄，和他的弟弟妹妹。」

「他們偷花做什麼？又沒地方種。」

「他們真的不是來偷花的，爸爸。我不會帶他們來偷花的。」我急得大聲的說：「他們是來掘……」

「掘什麼？」

「掘紅蚯蚓。」

「掘那東西做什麼？」

「賣錢哪！因為阿祥對我說：他們要是掘不到紅蚯蚓賺一筆學費，阿雄下學期就要休學了。我想阿雄要是失學了多可憐，我才讓他們到這裡掘。」

「唔！」父親的語氣緩和下來：「掘到沒有？」

「沒有。」

父親仰起臉在想什麼，用手敲敲頭。

過了一晌他說：

「那邊是沒有紅蚯蚓，不過那邊有。」父親伸出手，向花園的另一角指了指。

「可是阿雄說。這裡的泥土都是一樣的，要是那邊沒有，這邊也不會有。」

「他不曉得，我清楚。當初在那邊種花的時候，我親眼看到的，很多紅蚯蚓。你明天就帶他們到那邊的花圃旁邊去掘看看，一定會掘得到。」

「我現在就去找他們來掘。」我說著就要往外走，見父親對這件事情沒生氣，我的膽子也大了。

「現在不要去，天黑了也看不到。看你身上那個髒樣子，還不趕緊洗澡去。」

我不敢違拗父親，只有馬上進屋。

第二天一早我就把這消息告訴阿祥，到了下午放學以後，他們兄妹又帶著鋤頭鐵鏟來到我家，我便帶他們到父親指的地點去掘。現在我們已經不怕父親會罵了，大家在那兒說說笑笑掘得很起勁。可是那兒卻不像父親所說，紅蚯蚓很多，掘了半天，祇不過掘到三五條而已。不過大家興致仍很高，祇要有牠的蹤跡，就有希望。

突然阿蘭大叫起來：

「噯喲！這裡怎麼這樣多啊。」

「怎麼個多法？」我急忙問。

「你們來看嘛。」阿蘭掘出很多紅蚯蚓就神氣起來，聲音也叫得特別響。

我們三個男生一齊奔過去，但見阿蘭面前的地上，紅紅的一片，在那兒亂扭亂動。

阿祥也驚奇叫道：

「我的媽呀！這不是找到紅蚯蚓窩啦！」

「是的！一定是一窩。」我也附和著說：「你看還有大的，還有小的，必定也有公的，也有母的。」

「去你的。」阿雄啐道：「蚯蚓哪有公的母的。」

有這樣的發現，我們的興趣馬上高了起來，掘得更加有勁。儘管天氣仍那般熱，每人都渾身是汗。蟬聲仍裂帛般叫著，可是那聲音並不使我們焦躁，反而在那節奏中，振盪出一股活潑生動的力量，精神為之一振。

不到一個鐘頭，就掘了小半桶。

阿祥揩揩汗興奮的說：

「我們要每天都能掘這麼多，學費就沒有問題了。」

「你別做夢了，哪裡天天會掘這麼多。這裡再多，掘兩三天也掘光了。」阿雄悒悒的說。

「那怎麼辦？學費還是不夠啊！」

「要是我們真的賺不夠學費。」阿雄抬頭看看他弟弟跟妹妹：「下學期我就不上學了。人家說現在替蓋房子的挑磚很賺錢，一天有好幾百塊錢。我要是不讀書，就去挑磚頭賺錢。讓你倆上學。」

阿雄這話引起了我對他的注意，他不能算一個健壯的男孩子，個子不高，瘦瘦的。

於是我馬上說：

「挑磚頭很重啊！」

「我不能多挑，可以少挑啊。」阿雄一本正經的說：「人家一天賺好幾百塊錢，我一天賺一百塊就好了。」

我本來想再講話，但也想不出幫助他們的法子。

不知道什麼時候，父親竟踱到我們面前。

「我講這裡有，不錯吧！」

「阿伯，你看我們掘了這麼多。」阿雄把盛紅蚯蚓的水桶拿給父親看。他對父親本來也有幾分懼怕，現在由於心裡高興，也忘記了懼怕。

「嗯！是不少。」父親點點頭。

「阿伯，我們以後還可以來掘嗎？」阿蘭見父親的態度很和藹，也敢跟父親講話了。

「當然可以。」

「謝謝阿伯。」

「那今天就不要再掘了。」父親看看他們兄妹說：「早早回家休息休息，明天再來掘。做事情一定要留個根，不要一下子把根都弄斷了，就沒的掘了。」

看阿雄兄妹的樣子，好像還要繼續掘下去。但父親的話，他們也不敢不聽。其實他們兄妹三人能掘到這麼多，也感到十分滿足。便連忙收拾起鋤頭和鐵鏟，提起裝紅蚯蚓的水桶，很快的走出門去。

就在這天晚上，德堂叔突然來我們家裡，手裡提著一個紙盒子，紮得很緊。在鎮上德堂叔是一個大忙人，很少到我們家玩。因為他除了種菜以外，還兼營別的副業，像前幾年養鳥的生意很發達，他便替別人販售鳥類。後來熱帶魚興隆一陣子，他便收集、售賣熱帶魚。同時也向工廠攬接加工的衣物，分發鎮上的婦女做家庭副業。現在紅蚯蚓的生意熱起來，他便各處收買紅蚯蚓，把牠轉賣給收購的商店；阿雄他們掘的紅蚯蚓，就是被他買走。所以他在鎮上是個萬事通型的人物，祇要有利可圖，什麼生意都做。不論什麼事情找到他，沒有辦不成的。

他把紙盒放在茶几上，坐下對父親說：

「今天給你送來三斤。」

「你以後就每天晚上給我送三斤。」

「你到底要這些東西做什麼？」

「你別問，我自有用處。反正你到時候給我送來就好。我給你錢，別的事情你就別管。」

「你知道又漲價了嗎？」

「你別打我的秋風。」父親笑著對德堂叔說：「見到我要買，就故意抬高價錢。」

「是真的漲價啦。」德堂叔拍拍紙盒認真的說：「你想大家天天都掘那麼多，不快掘光了？現在缺貨，大家都爭著買，怎麼會不漲價？」

父親沒再跟德堂叔爭辯，數了一疊錢給他。

我們家裡的規矩是極嚴的，不論客人帶來什麼禮物，在客人沒離開前，父親絕不准我們拆看。德堂叔拿來的是什麼東西，我一直在納悶。等德堂叔走出門，我就急忙把紙盒打開，也立刻驚待在那裡。

在紙盒的底部鋪了一張塑膠紙，它的上面竟是一大堆紅蚯蚓，在那裡萬頭鑽動。

「買這東西做什麼？爸爸。」

「你猜呢？」父親沒有表情的說。

「你要釣魚啊？」我高興的說。我很希望父親能出去釣魚，我便可以跟他出去玩。

「我哪裡有時間釣魚。」

「那買紅蚯蚓做什麼？」

「給你找一件事情做呀。以後德堂叔把紅蚯蚓送到了以後，你就拿到花圃旁邊的地上埋起來。要分散著埋，不要集中在一起。也不要埋得太深。」

我聞言一怔！傻了。

但抬頭看看父親，他挺直的站在那兒。仍像一塊石頭似的，那麼冷，那麼硬。

釀文學234　PG2250

總是一個春天
——喬木短篇小說集

作　　者	喬　木
責任編輯	石書豪
圖文排版	林宛榆
封面設計	楊廣榕

出版策劃	釀出版
製作發行	秀威資訊科技股份有限公司 114 台北市內湖區瑞光路76巷65號1樓 電話：+886-2-2796-3638　傳真：+886-2-2796-1377 服務信箱：service@showwe.com.tw http://www.showwe.com.tw
郵政劃撥	19563868　戶名：秀威資訊科技股份有限公司
展售門市	國家書店【松江門市】 104 台北市中山區松江路209號1樓 電話：+886-2-2518-0207　傳真：+886-2-2518-0778
網路訂購	秀威網路書店：https://store.showwe.tw 國家網路書店：https://www.govbooks.com.tw
法律顧問	毛國樑　律師
總 經 銷	聯合發行股份有限公司 231新北市新店區寶橋路235巷6弄6號4F 電話：+886-2-2917-8022　傳真：+886-2-2915-6275

出版日期	2019年6月　BOD一版
定　　價	300元

國家圖書館出版品預行編目

總是一個春天：喬木短篇小説集 / 喬木著. --
一版. -- 臺北市：釀出版, 2019.06
面；　公分. -- (釀文學；234)
BOD版
ISBN 978-986-445-334-4(平裝)

863.57　　108007874

讀者回函卡

感謝您購買本書，為提升服務品質，請填妥以下資料，將讀者回函卡直接寄回或傳真本公司，收到您的寶貴意見後，我們會收藏記錄及檢討，謝謝！如您需要了解本公司最新出版書目、購書優惠或企劃活動，歡迎您上網查詢或下載相關資料：http:// www.showwe.com.tw

您購買的書名：________________________________

出生日期：________年________月________日

學歷：□高中（含）以下　□大專　□研究所（含）以上

職業：□製造業　□金融業　□資訊業　□軍警　□傳播業　□自由業
　　　□服務業　□公務員　□教職　□學生　□家管　□其它____

購書地點：□網路書店　□實體書店　□書展　□郵購　□贈閱　□其他

您從何得知本書的消息？

□網路書店　□實體書店　□網路搜尋　□電子報　□書訊　□雜誌
□傳播媒體　□親友推薦　□網站推薦　□部落格　□其他________

您對本書的評價：（請填代號　1.非常滿意　2.滿意　3.尚可　4.再改進）

封面設計____　版面編排____　內容____　文／譯筆____　價格____

讀完書後您覺得：

□很有收穫　□有收穫　□收穫不多　□沒收穫

對我們的建議：________________________________

____

____

____

請貼
郵票

11466
台北市內湖區瑞光路 76 巷 65 號 1 樓

秀威資訊科技股份有限公司 收

BOD 數位出版事業部

(請沿線對折寄回，謝謝！)

姓　　名：＿＿＿＿＿＿＿＿　年齡：＿＿＿　性別：□女　□男

郵遞區號：□□□□□

地　　址：＿＿＿＿＿＿＿＿＿＿＿＿＿＿＿＿＿＿＿＿

聯絡電話：(日)＿＿＿＿＿＿＿＿＿＿(夜)＿＿＿＿＿＿＿＿＿＿

E-mail：＿＿＿＿＿＿＿＿＿＿＿＿＿＿＿＿＿＿＿＿